Rückkehr nach
Blue Bay

RÜCKKEHR NACH
Blue Bay

Roman

Christa Lieb

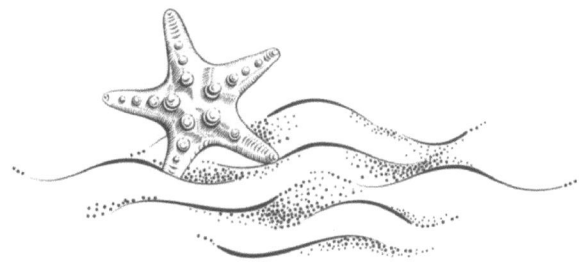

Impressum

Bibliografische Information der Deutschen Nationalbibliothek:
Die Deutsche Nationalbibliothek verzeichnet diese Publikation in der Deutschen Nationalbibliografie.
Detaillierte bibliografische Daten sind im Internet über http://dnb.dnb.de abrufbar.

© 2019 **Christa Lieb**, Autorin

Cover: Anna Lieb-Dubino

Coverfoto: © jul14ka - fotolia.com

Grafiken: © Mariia Demydova – fotolia.com

Herstellung und Verlag: BoD – Books on Demand, Norderstedt

ISBN: 978-3-749-40984-6

»Du kannst deine Augen verschließen, wenn du etwas nicht sehen willst. Aber du kannst dein Herz nicht verschließen, wenn du etwas nicht fühlen willst.«

Jonny Depp

1

In der kleinen Küstenstadt Blue Bay am Pazifik, die sich in eine flache, von sanften Hügeln umrahmte Mulde schmiegte, erwachte allmählich das Leben.

In den Häusern rieben sich die Menschen den Schlaf aus den Augen und freuten sich auf den ersten Kaffee des Tages. Die Luft war kühl; die Sonne hatte nicht mehr genug Kraft, die Umgebung bereits in den frühen Morgenstunden zu erwärmen.

Der Sommer war vorbei. Das Laub der Bäume, die die Main Street säumten, verfärbte sich schon. Erste Herbststürme hatten den Ozean aufgepeitscht, das Wasser weit auf den Strand gedrückt und an den Häusern gerüttelt. Im *Inyo*, Norman Bishops Revier, war bereits der erste Schnee gefallen.

Obwohl es den Anschein hatte, alles gehe seinen gewohnten Gang, hatte sich doch vieles verändert.

Im Strandhaus Nummer 8 regte sich kein Leben; es war verwaist, die Läden fest verschlossen. Auf der Veranda, von der aus im letzten Sommer manch staunender Blick auf den Strand und den tosenden Ozean gegangen war, gaben sich Möwen ungehindert ein Stelldichein. Entlang der Hauswand sammelte sich feiner Sand an; niemand entfernte ihn.

Jenen Menschen, die in den Sommermonaten hier ein- und ausgegangen waren, war ein wenig bang vor dem Moment, an dem neue Mieter einziehen würden. Noch waren sie mit ihren Gedanken und mit ihren Herzen bei der Frau, die die Räume für eine Weile mit Leben gefüllt hatte.

Besonders Gordon Cooper erfasste Wehmut, sobald er das Haus passierte. Oft brachte er es nicht über sich, auch nur einen kurzen Blick hinüber zu werfen. Zu präsent war noch immer der Anblick der jungen Frau, die zu Beginn des Sommers reglos neben der roten Briefbox gestanden und sein Herz auf Anhieb berührt hatte.

An jenem sonnigen Junimorgen hätte er nicht für möglich gehalten, welch bewegende Tage ihm diese Begegnung bringen würde.

Ihr plötzliches Auftauchen in Blue Bay und ihr seltsames Benehmen hatten ihn von Anfang an neugierig gemacht. Er wollte dem Geheimnis, das diese schöne, scheue Frau umgab, unbedingt auf den Grund gehen. Bewusst hat er immer wieder ihre Nähe gesucht. Und bald war sie ihm ans Herz gewachsen, wie eine Tochter. Eine Tochter, die er sich immer gewünscht, die ihm aber verwehrt geblieben war.

Schließlich fasste sie Vertrauen zu ihm und gab ihr Geheimnis preis. Als sie ihm unter Tränen gestand, sie wisse nicht wer sie sei, woher sie komme, selbst ihr Name sei ihr fremd, gab es für ihn nur noch ein Ziel: Eine Antwort auf die Frage »Wer ist Linda Sinclair?« zu finden.

Doch sein Drang ihr zu helfen, sie aus ihrer Ahnungslosigkeit zu holen, hatte einen hohen Preis gehabt. Nachdem alle Fragen beantwortet waren, verlor er sie.

Jetzt lebte sie wieder unter ihrem richtigen Namen in Baltimore, bei den Menschen, die lange nach ihr gesucht und sie schmerzlich vermisst hatten ... So wie er jetzt.

Er hatte gehofft, nie mehr einen solchen Abschiedsschmerz wie beim Weggang seiner Ehefrau Dana verspüren zu müssen. Nun war er wieder da; kraftvoll und anhaltend.

Und nichts von dem was er anpackte half, ihn zu vertreiben.

Sein Haus hatte einen neuen Anstrich und das Gestrüpp einen kräftigen Rückschnitt bekommen. Das Boot sah nach einer gründlichen Reinigung aus wie neu; doch es dümpelte ungenutzt im Hafen vor sich hin. Ihm fehlte die Lust zu einem Segeltörn.

Nahezu täglich ertappte er sich dabei, dass er auf die Veranda trat und den Strand entlangschaute. Doch die Frau, die für kurze Zeit neuen Schwung und Abwechslung in seinen Alltag gebracht hatte, kam nicht lockeren Schrittes am Strand entlanggelaufen. Sie war weg.

Wind und Meer hatten ihre Spuren längst ausgelöscht. Nur die Erinnerungen an sie und die Ereignisse des letzten Sommers waren ihm geblieben.

Entgegen seiner Gepflogenheiten suchte er Trost bei den Menschen, die mit ihm diese bemerkenswerten Tage verbracht haben.

Für seinen Geschmack viel zu oft fuhr er die Ocean Lane hinauf zu Selma und Norman, um sich mit Neuigkeiten aus Baltimore zu versorgen. Und so wusste er von der Hochzeit im nächsten Frühjahr ... Und dass es dann für sie alle ein Wiedersehen geben würde.

Obwohl er die Gespräche mit ihr vermisste, hatte er zu seinem eigenen Bedauern in all den vergangenen Wochen noch nicht den Mut gefunden sie anzurufen.

Er wollte dem Schmerz keine neue Nahrung geben.

Doch nicht nur Heather war ein Thema bei ihren Gesprächen. Oft redeten sie auch über Paul Everton, um den sie sich große Sorgen machten. Seit Heathers Weggang hatten sie nicht mehr mit ihm gesprochen. Kurz nach ihr hatte auch er Blue Bay verlassen. Sie konnten nur ahnen, wie er sich fühlen musste, nachdem sein Traum geplatzt war.

Seit Wochen verfolgten sie die vielen Stationen seiner Lesereise quer durch die Staaten. Lasen die zum Teil euphorischen

Berichte über seine Auftritte in nahezu allen großen Städten. Nur um Baltimore schien er einen Bogen zu machen. Vermutlich hätte er es nicht ertragen, in die Nähe von Heather Franklin und Parker Bennett zu kommen; gar Gefahr zu laufen, ihnen zu begegnen.

Von ihnen allen hatte er den höchsten Preis gezahlt; darin waren sie sich einig.

Nun hofften sie auf seine baldige Rückkehr.

Gordon hatte ihm viel abverlangt und er fragte sich schon eine Weile, ob es nicht endlich an der Zeit wäre, etwas zurückzugeben. Vielleicht könnte er dann sein schlechtes Gewissen gegenüber Paul Everton loswerden.

***

Gordon trug die gerade gekauften Lebensmittel ins Haus. Sein Vorrat war in den letzten Tagen geschmolzen wie der Schnee der Sierra Nevada, wenn die Sommersonne ihm ordentlich zusetzte. Nun könnte er sich wieder in Ruhe sein geliebtes Bierchen gönnen. Trotzdem war er unzufrieden.

Wäre besser gewesen, ich hätte heute auf meinen Abstecher in den Ort verzichtet, dachte er missmutig. Was mussten diese Rotzlöffel aber auch sein Auto als Torwand missbrauchen, versuchte er dann seine geharnischte Strafpredigt zu rechtfertigen. Dass er die übermütigen Jungs anschließend auch noch bei Sheriff Miller angeschwärzt hatte, war allerdings über-flüssig gewesen und beschämte ihn, wie er sich nun eingestand.

Er starrte aus dem Fenster, obwohl heute dort draußen wahrlich nichts Außergewöhnliches zu sehen war. Er kannte den Grund für seine miese Laune genau und nur er selbst konnte für ein Ende sorgen. Noch heute würde er Heather anrufen ... sobald er die passenden Worte gefunden hatte.

Sicher hatte er sie mit seinem langen Schweigen gekränkt. Die bittere Wahrheit war, dass er es bisher einfach nicht über sich gebracht hatte, ihr zu gestehen, wie sehr ihr Weggang ihn getroffen hat. Ihn, der so gerne schnoddrig daherkam.

»Zeit, dieses ganze Herz-Schmerz-Gedöns hinter sich zu lassen und sich endlich wie ein erwachsener Mann zu benehmen«, grummelte er vor sich hin.

Er griff zu seinem Smartphone, tippte aufmerksam die lange Zahlenfolge und wartete aufgeregt darauf, ihre Stimme zu hören.

»Hier ist Gordon«, meldete er sich krächzend.

»Gordon«, hörte er Heather erfreut ausrufen. »Ich bin so froh, dass du dich endlich meldest. Wie geht es dir?«

»Gut, gut ... Und dir?«

»Ich bin sehr glücklich, Gordon. Ich hoffe, du freust dich mit mir, du alter Brummbär.« Sie lachte das ihm so vertraute Lachen und er bedauerte, dass er jetzt nicht in ihr strahlendes Gesicht sehen konnte.

»Natürlich freue ich mich mit dir. Schließlich ...«

»... hast du alles dafür getan, dass es so ist, nicht wahr? Und dafür werde ich dir für den Rest meines Lebens dankbar sein ... Und Parker auch.«

»Wie geht es ihm?«

»Nett, dass du fragst. Er vermisst dich.« Und wieder lachte sie.

»Ich ihn auch«, brummte er.

»Wie geht es Blue Bay, den Pearsons, Sheriff Miller und ...«

»Du weißt doch genau, dass er seit Wochen weg ist. Ich habe keine Ahnung wie's ihm geht.«

»Ich habe aufgehört, diese Berichte zu lesen. Es hat mich jedes Mal traurig gemacht und mein schlechtes Gewissen befeuert ... Er ist also immer noch nicht zurück?«

»Nein. Er ist noch immer auf der Flucht.«

»Flucht?«

»Was sonst ist das wohl? Mir hat er einmal erzählt, dass er diese Lesereisen verabscheut. Und jetzt tut er genau das seit Wochen.«

»Oh.«

»Vielleicht würde es ihm helfen seine Ruhe zu finden, wenn du dich mit ihm aussprechen würdest. Dazu war ja damals keine Gelegenheit mehr.«

»Du meinst, ich soll mich mit ihm treffen?«

»Nächste Woche ist er in Boston. Sein letzter Termin. Quasi einen Katzensprung von euch entfernt. Ich will dich zu nichts zwingen, aber ich finde, du solltest dir die Gelegenheit nicht entgehen lassen. Vielleicht bringt ihn das endlich dazu, die Realität zu akzeptieren und nach Hause zu fahren. Wir vermissen ihn ... genauso wie dich.«

»Es macht mich traurig, dass er so ruhelos ist. Ich hätte mich nicht auf ihn einlassen sollen. Ich habe ihm so weh getan. So unendlich weh.«

»Die Liebe fragt selten nach den Folgen, Heather. Ich hätte ihm das Glück gegönnt. Aber dein Platz ist in Baltimore. Bei Parker und deiner Familie. Ich habe es dir schon einmal gesagt, damals beim Barbecue am Strand: Es gibt Dinge, die sind unumstößlich und dann sollte man sie akzeptieren. Das gilt für uns alle und besonders für Paul Everton.«

»Hat Selma dir schon von unserem Hochzeitstermin erzählt?«

»Lass uns erst das andere Thema zu Ende bringen, Heather, dann bin ich ganz Ohr für das große Ereignis.«

»Entschuldige. Ja, du hast recht. Ein Gespräch ist längst überfällig und ich sollte mich nicht länger davor drücken. Ich werde nach Boston fahren. Parker wird das verstehen.«

»Gute Entscheidung.« Er war erleichtert. »Und jetzt kannst du mir von euren großen Plänen erzählen.«

»Im Mai wird endlich mein Traum in Erfüllung gehen, Gordon. Parker und ich werden heiraten. Und ihr alle werdet unsere Gäste sein.«

»Ein großer Tag für euch, Heather. Nach all den Unwägbarkeiten. Und diesmal werde ich leichten Herzens nach Baltimore fliegen.«

»Ich bin so froh, dass du angerufen hast, Gordon. Ich hoffe, wir sprechen jetzt wieder öfter miteinander. Ich vermisse dich.«

»Ich dich auch, mein Mädchen. Wie geht es Jonathan? Dein Bruder ist ein ganz besonderer Mensch. Auf ihn kannst du dich verlassen.«

»Ja, das kann ich. Genauso wie auf Parker. Auch er ist ein ganz besonderer Mensch. Ich hoffe, ihr lernt euch bald besser kennen.«

»Das muss er wohl sein, wenn du ihn liebst. Du würdest deine Liebe an keinen Taugenichts verschwenden.«

»Das war nicht immer so.«

»Alvarez?«

»Ja. Heute kann ich nicht mehr begreifen, warum ich mich auf ihn eingelassen habe. Mir wäre so vieles erspart geblieben.«

»Er wird dir nie wieder etwas zuleide tun. Dafür hat ein Truck in den Bergen von Nevada gesorgt. Karma is a bitch.«

»Gordon ... kompromisslos wie immer. Der Tod eines Menschen ist immer eine traurige

Sache ... Aber in diesem Fall ... Es ist vorbei, Gordon. Es ist vorbei.«

»Ich trauere dem Halunken keine Sekunde nach. Allerdings befürchte ich, dass wir durch seinen dramatischen Abgang nicht die ganze Wahrheit über die Hintergründe deiner Entführung erfahren werden. Die saubere Mrs Warren wird sicher versuchen, sich als Opfer darzustellen. Das wäre bedauerlich, scheint diese Ginger doch ein besonders durchtriebenes Frauenzimmer zu sein. Hoffentlich belastet euch der Prozess gegen Parkers Ex-Frau nicht zu sehr.«

»Uns verband schon immer eine tiefe Abneigung. Aber so etwas hätte ich ihr nicht zugetraut. Mir tun Parkers Töchter leid. Taylor und Violet werden in Zukunft bei uns leben. Parker ist glücklich, dass er jetzt nicht mehr um jeden Besuch betteln muss.«

»So fügt sich alles noch zu etwas Gutem zusammen. Ich bin erleichtert, dass ich dich endlich angerufen habe, Heather. Es war schön mit dir zu plaudern. Ich vermisse unsere Gespräche.«

»Mir fehlen sie auch, Gordon. Ich vermisse euch ... Euch alle ... Blue Bay ... den Pazifik.«

»Vielleicht besuchst du uns irgendwann einmal.« Er wartete hoffungsvoll auf ihre Antwort.

»Ja ... Vielleicht ... Irgendwann ... Wenn der Gedanke daran nicht mehr so schmerzt«, hörte er Heather leise sagen.

»Lass uns nicht sentimental werden, Kleines. Es ist alles gut, so wie es jetzt ist. Du hast es verdient, glücklich zu sein. Ich melde mich bald wieder, Heather.«

»Ich freue mich schon jetzt darauf, Gordon. Grüß Blue Bay von mir.«

Er lehnte sich zufrieden zurück. Warum hatte er nicht früher den Mumm gehabt und zum Telefon gegriffen?

Zur Belohnung würde er sich jetzt ein Bier gönnen und dabei an den letzten Sommer denken.

2

Paul war seit Wochen auf einer Reise quer durchs Land und auf der Flucht vor den Erinnerungen und der Realität.

Wie von allen erhofft, war sein neuer Roman *Linda* ein großer Erfolg. Bereits wenige Tage nach Erscheinen hatte er die Spitzen der Bestsellerlisten gestürmt.

Seinen ganzen Schmerz und seine Verzweiflung über das jähe Ende seiner Träume hatte er in dieses Buch gepackt. Die Geschichte um die Frau ohne Gedächtnis und die einer unglücklichen Liebe berührte seine Leserschar.

Er selbst blieb seltsam distanziert und gleichgültig. Der Erfolg bedeutete ihm nichts. Weder die Verkaufszahlen, noch die Zahlungseingänge auf seinem Konto konnten ihn aus seiner Lethargie reißen.

Immer wenn er in die gerührten Gesichter der aufmerksam lauschenden Leute sah, wurde ihm das Herz schwer.

Die vage Hoffnung, die Anstrengungen und das Umherreisen würden ihm die Last von der Seele nehmen und ihn eine Weile von seiner Schwermut ablenken, war ein vergebliches Unterfangen gewesen.

Sein Agent riet ihm, sich endlich mit einem neuen Projekt zu befassen. Neue Geschichte, neue Protagonisten, neue Schauplätze; dann würde er die unschönen Erinnerungen schon vergessen.

Nicht dass er sich diesen Rat nicht zu Herzen genommen hätte. Im Gegenteil. Doch alle Ideen waren es in seinen Augen nicht wert, sich länger mit ihnen zu befassen.

***

Er hatte keine Ahnung, im wievielten unpersönlichen Hotelzimmer er gerade stumm um ein paar Stunden Schlaf flehte. Denn inzwischen hatte er den Überblick verloren.

Gleichgültig ließ er sich jeden Morgen von einer Verlagslimousine zu einem Flughafen bringen, hob ab, landete, tat seinen Job und zog abends die Decke über den Kopf ... Nach dem dritten, vierten Bourbon. Auch hier hatte er den Überblick verloren.

Nichts von all dem tat ihm gut.

Der letzte Sommer, Blue Bay, seine Träume, lagen gefühlte Lichtjahre zurück. War er wirklich passiert, dieser hoffnungsvolle Sommer, als der Himmel blauer schien als sonst und die Tage erfüllt waren von einem besonderen Flirren? Er wusste es nicht mit Gewissheit zu sagen.

Und jetzt, gegen Ende der Tour, musste er sich bangen Herzens der quälenden Frage nach einer Rückkehr stellen.

Könnte er dort einfach sein Leben fortführen, als hätte es Linda Sinclair nie gegeben? Oder musste er sich von dem Ort, an dem er sich seit Langem endlich wohlgefühlt hatte, trennen?

Könnte er jemals wieder unbefangen am Strand entlanglaufen, hinauf zu dem Haus blicken, wohlwissend dass die Frau, die er einfach nicht vergessen konnte, fort war?

***

Der Himmel über Boston war grau; passend zu seiner Stimmung.

Heute war er am Ende seiner Reise angekommen. Ein letztes Mal würde er vor erwartungsvolle Menschen treten, lesen, signieren. Danach gäbe es keine Ausflüchte mehr.

Vielleicht sollte er einen kleinen Umweg über Michigan nehmen. Er hatte seine Familie lange nicht gesehen. Dort könnte er mit seiner Schwester Faith mal wieder lange Gespräche führen. Er vermisste sie, auch wenn ihre Fragen und Ratschlägen, die sie stets für ihn parat hatte, ihm nicht immer gefielen.

Auch seine Eltern hätten einen Besuch verdient. Obwohl ihn die Enttäuschung in den Augen seines Vaters und die

Erwartungen seiner Mutter nicht gerade froh machen würden.

Die spärlichen Treffen hatten selten ein harmonisches Ende gehabt. Seine Entscheidung, Schriftsteller zu sein, hatten sie ihm bis heute nicht verziehen; auch wenn er und seine Romane in aller Munde waren. Dies war vor Jahren einer der Gründe gewesen, aus der kleinen Stadt, die ihn immer mehr eingeengt hatte, zuerst nach Ann Arber und schließlich weit weg, bis an den Pazifik zu ziehen.

Und schon war er wieder bei seiner Ausgangsfrage. Würde er es schaffen, nach Blue Bay zurückzukehren?

***

Die Reihe vor dem Signiertisch lichtete sich. Nur noch wenige Exemplare seines Buches lagen vor ihm. Gleich wäre es vorbei.

»Für wen soll die Widmung sein?«, fragte er emotionslos, ohne den Blick zu heben.

»Für Heather«, hörte er sie flüstern und zerbrach vor Schreck seinen Stift.

»Linda? ... Du? ...«

»Nenn mich Heather, Paul ... Bitte. Linda ist zu schmerzhaft für mich.« Sie sah in sein müdes Gesicht, bemerkte voller Bedauern, dass seine blauen Augen glanzlos waren. Es tat ihr weh. »Ich hatte damals keine Gelegenheit mit dir zu reden, dir zu erklären

... dich um Verzeihung zu bitten. Ich hätte mich niemals ...«

»Sag es nicht, ... Heather.« Es fiel ihm hörbar schwer, sie bei diesem Namen zu nennen. »Sag es nicht«, wiederholte er sich. »Obwohl es mich tief getroffen hat, möchte ich keinen Tag, keine Stunde, keinen Moment missen.«

»Es tut mir sehr leid, dass ich dir diesen Kummer bereitet habe.«

Er sah sie an, registrierte die Betroffenheit in ihrem Gesicht. »Es muss dir nicht leid tun ... Schließlich hat es mir jede Menge Erfolg beschert.«

»Paul, dieser Zynismus macht einen Fremden aus dir. Du darfst das nicht zulassen. Das hast du nicht verdient.«

»Verzeih ...«

»Wie geht es Blue Bay, dem Pazifik, dem Strand ... dem Leuchtturm?«

»War lange nicht dort.«

»Ich habe davon gehört.«

»Gordon?«

Sie lächelte. »Ja, Gordon.«

»Hat er dich dazu gedrängt mich aufzusuchen?«

»Nein. Er hat mir Mut gemacht, es endlich zu wagen ... Fahr nach Hause, Paul. In Blue Bay warten gute Freunde auf dich. Du solltest diese Flucht endlich beenden.«

»Flucht? Es ist der Verlag, der mich seit Wochen durchs Land jagt.«

»Mach mir nichts vor ... Fahr nach Hause ... Versprich es mir.«

Er wollte und konnte ihr darauf nicht antworten.

»Und behalte mich in guter Erinnerung ... Ich muss jetzt gehen, Paul.«

Gehen. Der feine Stich kam prompt und verursachte eine weitere Verletzung an seiner noch immer wunden Seele. Und auch dieser Schmerz würde so bald nicht vergehen.

»Parker wartet draußen auf mich.«

»Er ist auch hier? Hat er dich hergebracht?«

Sie nickte. »Ja. Er wollte, dass ich endlich meinen Frieden mache ... Mit dir, den Vorkommnissen ...«

»Verstehe ... Eine großzügige Geste.«

»Vielleicht kannst du auch ihm verzeihen. Du musst ein vollkommen falsches Bild von ihm bekommen haben ... durch seine Unbeherrschtheit, damals, am Strand. In Wahrheit ist er ein besonnener, liebenswerter Mann.«

Er ging nicht darauf ein. »Danke, dass du gekommen bist. Es bedeutet mir viel. Ich wünsche dir ein glückliches Leben mit Parker Bennett.«

Als er ihr das Buch reichte, sah er den edlen Ring an ihrem Finger. Ein Brillant. Was sonst ... bei einem Mann wie Parker Bennett? Er hätte ihr stattdessen sein Leben zu Füßen gelegt ... Die Gefühle waren kaum auszuhalten.

»Ich werde das Buch mit Bedacht lesen. Es wird mich zu Tränen rühren; wie alle deine Bücher zuvor.«

Sie sollte endlich gehen, ehe er die Fassung verlor.

Demonstrativ sah er auf seine Armbanduhr. »Der Wagen wartet ... Leider ... Leb wohl, Heather.«

Sie sah ihn noch einen Moment schweigend an, dann drehte sie sich um und ging. Ließ ihn und ihr Leben als Linda Sinclair endgültig zurück.

Er sah ihr aufgewühlt hinterher. Wie elegant sie aussah. So ganz anders als die Frau, die vor Kurzem sein Leben bereichert hat. Die wilde Lockenpracht gebändigt und ihr schlanker Körper von einem maßgeschneiderten, teuren Kostüm umhüllt. Und wie gekonnt sie auf ihren hochhakigen Schuhen dem Ausgang zu ging.

Als sie endlich seinem Blick entschwunden war, schloss er erschöpft die Augen. Hatte ihm seine Fantasie einen Streich gespielt? Oder hat er gerade wirklich mit der Frau gesprochen, die im vergangenen Sommer sein Herz brach?

***

Es war tiefe Nacht als Paul nach Blue Bay zurückkehrte.

Bewusst hatte er die späte Abendstunde gewählt. So wollte er sichergehen, dass ihm niemand über den Weg lief. Besonders Gordon Cooper nicht.

Er durchquerte die kleine Stadt, registrierte, dass sich nur hinter wenigen Fenstern noch ein warmer Lichtschein zeigte. Unaufgeregt wie eh und je harrte Blue Bay der Dinge, die der neue Tag bringen würde.

Mit einem mulmigen Gefühl im Bauch lenkte er sein Auto Richtung Strand.

Als er das Haus »Strandweg 8« passierte, wurde ihm das Herz schwer. Es war unbeleuchtet; die Läden geschlossen.

Ob es noch immer leer steht?, ging ihm kurz durch den Kopf. Dann konzentrierte er sich wieder auf den schmalen Weg, der vor ihm lag.

Wenig später hielt er vor seinem Haus. Ein kleiner Funken Freude klimmte bei diesem vertrauten Anblick auf. Dennoch blieb er noch eine Weile in seinem Wagen sitzen, um sich für den Augenblick der Heimkehr zu wappnen.

Ihm war klar, dass die ersten Tage die schlimmsten sein würden. Und noch hatte er keine Ahnung, ob er die Wehmut, die seit Wochen seine Begleiterin war, aushalten konnte.

Wie viele Tage würde er sich zugestehen, bis er eine Entscheidung über seine Zukunft treffen musste?

Endlich stieg er aus, holte das wenige Gepäck aus dem Kofferraum und ging zur Haustür.

»Everton, hat es Sie endlich nach Hause getrieben?« Gordon Cooper trat aus der Dunkelheit heraus und sah ihn besorgt an.

Er schrak zusammen. »Cooper, was um alles in der Welt treiben Sie um diese Zeit vor meiner Tür?«

»Hatte ein Auge auf Ihr Haus. Man weiß ja nie, welches Gesindel sich des Nachts hier herumtreibt ... Stand schließlich lange leer«, knurrte Gordon. Er hielt ihm die Hand hin. »Schön, dass Sie wieder da sind. Hab Sie vermisst.«

»Ich kann noch nicht sagen, ob ich es schön finde, wieder hier zu sein«, sagte er leise und drückte Gordons Hand.

»Sie müssen sich damit abfinden, Junge. So wie ich ... Ist verdammt einsam, seit sie weg ist.« Er machte eine wegwerfende Handbewegung. »Zeit, mich auf den Heimweg zu machen. Schlafen Sie gut und grübeln Sie nicht zu viel. Und wenn Sie ein offenes Ohr brauchen ... Sie wissen ja wo Sie mich finden.«

Gordon tippte an seine Baseballkappe, ohne die man ihn selten zu Gesicht bekam, und kurz darauf hatte die Dunkelheit ihn verschluckt.

Er lauschte noch einen Moment den leise werdenden, knirschenden Schritten, dann betrat er sein Haus.

***

Die Erschöpfung forderte ihren Tribut. Zum ersten Mal seit Wochen schlief er wieder einmal tief und fest.

Am Morgen dauerte es einen Moment ehe er realisierte, dass er in seinem eigenen Bett aufwachte. Zögernd öffnete er die Augen und sah sich um. Das Zimmer lichtdurchflutet, Möwen krächzten, die Brandung kraftvoll und in altbekannter Lautstärke.

Alles war so, wie vor seiner Abreise. Nur seine Liebe war gegangen. Doch trotz dieses Kummers, fühlte er seit langer Zeit einen Hauch von Geborgenheit.

Er beschloss, seinen alten Rhythmus wieder aufzunehmen.

Nach einer ausgiebigen Dusche ging er in die Küche und brühte sich einen starken Kaffee. Dann setzte er sich an den Schreibtisch mit Blick auf den Strand und klappte seinen Laptop auf.

Die Idee, die ihn auf dem Weg nach Blue Bay begleitet hatte, war es wert, überdacht zu werden. Mit Elan öffnete er ein neues Dokument und tippte geräuschvoll *Kapitel 1*.

Danach saß er den restlichen Vormittag da und starrte abwechselnd aus dem Fenster und auf die wenigen Buchstaben vor sich.

Am Nachmittag machte er sich auf den Weg zum Leuchtturm. Die dunklen Wolken, die inzwischen über Land und Ozean trieben, passten zu seiner Stimmung, aber sie brachten ihm Gewissheit: Der Sommer war vorbei.

3

Hinter Selma lag eine unruhige Nacht. Weder der strahlend blaue Himmel, noch der liebevoll gedeckte Frühstückstisch konnten ihre Nervosität dämpfen. Sie hatte einen Termin bei Detective Griffin in Santa Barbara. Er habe neue Erkenntnisse und folglich einige Fragen an sie.

»Beruhige dich, Liebes.« Norman nahm sie in den Arm. Er spürte wie ihr Herz aufgeregt pochte, wie sie zitterte. »Hören wir uns in Ruhe an, was er zu sagen hat. Dann sehen wir weiter.«

»Ich bin so froh, dass du mich begleitest.«

»Hast du eine Sekunde daran gezweifelt?« Er küsste sie zärtlich. »Ich liebe dich. Du bist der wichtigste Mensch für mich. Folglich sind deine Sorgen und Probleme auch die meinen … Lass uns fahren.«

Am Ende der Ocean Lane kam ihnen Gordon Cooper entgegen.

Als sie nebeneinander zum Stehen kamen, kurbelte der die Scheibe herunter und beugte sich hinaus. »Everton ist wieder da.«

»Tatsächlich ... Wie geht es ihm?« Selma sah ihn besorgt an.

»Er sieht beschissen aus. Sorry, dass ich das so hart sage. Wir sollten ein Auge auf ihn haben.«

»Entschuldige, Gordon, wir müssen los. Über Everton reden wir später«, unterbrach Norman die Unterhaltung.

»Wohin so eilig?«

»Griffin hat Selma eine Vorladung geschickt.«

»Warum machst du den Schnabel nicht auf, Selma? Ich hätte vorfühlen können.«

»Du hast schon so viel für mich getan, Gordon. Ich wollte dich nicht schon wieder behelligen.«

»So ein Schwachsinn ... Behelligen.« Gordon schnaubte verächtlich. »Wozu hat man Freunde? Wenn er dir blöd kommt, kannst du auf mich zählen. Und jetzt ab mit euch.«

***

Auf der Fahrt nach Santa Barbara war Selma wortkarg. Sie blickte teilnahmslos aus dem Fenster, ließ die Landschaft an sich vorbeiziehen.

Was Griffin wohl ausgegraben hat? Warum konnte sie nicht endlich ein sorgenfreies Leben führen? Hätte sie eingreifen müssen, als ihr bewusst geworden war, mit welch miesen Tricks ihr Mann mitunter sein Geld verdiente?

»Du bist so schweigsam«, unterbrach Norman die Stille.

»Ich mache mir Sorgen.«

»Warum denn? Du hattest mit Matthews faulen Geschäften doch nichts zu tun.«

»Aber wie soll ich das denn jemals beweisen? Und dieser Griffin lässt sich ganz sicher nicht so einfach überzeugen ... Zumal ich keine handfesten Fakten vorlegen kann.«

»Lass dir von diesem Kerl nicht den Schneid abkaufen, Liebste. Es gibt Vorschriften, Vorgesetzte, die Justiz und er ist nicht der liebe Gott.«

»Im Grunde genommen tut er ja nur seinen Job. Und was liegt näher, als sich auf die Ehefrau zu konzentrieren, wenn der Bösewicht nicht mehr greifbar ist?«

»Ich gebe zu, das ist ein Aspekt.«

Selma sah ihn erschrocken an. »Du glaubst doch nicht etwa auch ...?«

»Nicht einen Moment, Liebling. Ich versuche nur, mich in seine Lage zu versetzen. Es ist immer von Vorteil, wenn man die Gedankengänge seines Gegners einschätzen kann.«

»Entschuldige. Ich wollte keinesfalls an deiner Loyalität zweifeln, Norman.«

»Ich habe das auch nicht so empfunden, Selma. Du solltest nicht so dünnhäutig sein.«

Als sie das Police Department betraten, hatte sich an Selmas Aufgeregtheit wenig geändert.

Aber sie wusste, auf den Mann an ihrer Seite war Verlass. Sie griff nach seiner Hand.

Vor Griffins Büro nickte er ihr aufmunternd zu, klopfte kräftig an die Tür und öffnete sie, ohne eine Antwort abzuwarten. Griffin sollte wissen, dass sie nicht als Bittsteller kamen.

»Mrs Hudson ...« Griffins Miene war undurchdringlich. »Schön, dass Sie es einrichten konnten ... Ah, wie ich sehe, haben Sie sich Unterstützung mitgebracht.«

Selma atmete tief durch. »Mister Bishop ist mein Lebensgefährte. Ich möchte, dass er bei der Unterredung dabei ist. Wir haben keine Geheimnisse voreinander.«

Griffin schaute überrascht auf seine Besucher. Offensichtlich hatte Selmas Erklärung bei ihm einen neuen Denkprozess in Gang gesetzt.

»Lebensgefährte? Wie lange schon?«

»Das tut nichts zur Sache«, antwortete Norman kühl.

»Das sehe ich anders, Mister Bishop. Ich frage mich schon eine Weile, warum ausgerechnet Sie an diesem verhängnisvollen Abend zur Stelle waren?«

»Zufall. Sie sollten sich nicht in neue Spekulationen verrennen, Mister Griffin.«

»Spekulationen? Ganz und gar nicht. Sehen Sie die Sache doch einmal aus meinem Blickwinkel: Eine attraktive Nachbarin, ein reicher aber ungeliebter Ehemann ...«

»Das ist unerhört.« Selma rang um Fassung.

Griffin ließ sich nicht beirren. Unbeeindruckt fuhr er fort. »... jetzt fehlt nur noch eine passende Gelegenheit um ihn loszuwerden ... ohne auf das vorhandene Vermögen verzichten zu müssen. Also bestellt man den Ahnungslosen an einen einsamen Strandabschnitt und schon ist das Problem beseitigt.«

Obwohl es in Norman brodelte, meinte er äußerlich gelassen: »Sie haben eine rege Fantasie, Detective.«

»So, habe ich das? Ich frage Sie also noch einmal, Mrs Hudson: Wie lange geht das schon zwischen Ihnen und Mister Bishop?«

»Seit letztem Sommer«, antwortete Selma leise. »Warum haben Sie mich kommen lassen, Mister Griffin?«

Griffin lächelte zufrieden. Er liebte es, Menschen aus der Fassung zu bringen; ihnen ihre kleinen Geheimnisse zu entlocken. Und diese schöne Mrs Hudson hatte er ganz offensichtlich aus der Fassung gebracht. Bei Bishop war er sich da nicht so sicher.

»Nachdem Ihr Freund Cooper meine Hausdurchsuchung verhindert hat, muss ich nun versuchen, auf diesem Weg an Informationen zu kommen. Es geht schließlich um eine Tötung und viel Geld ... und um miese Geschäfte Ihres Mannes.«

»Davon habe ich erst durch Ihre Ermittlungen erfahren.«

»Eigenartig. Einer der dubiosen Geschäftspartner Ihres Mannes hat uns bei seiner Vernehmung erzählt, Sie hätten ein lukratives Geschäft in Blue Bay torpediert.«

»Die Pearson-Farm«, entschlüpfte es Selma.

»Sie wussten also davon.« Griffin sah sie triumphierend an.

»Ja«, sagte Selma schlicht, »von dieser Sache wusste ich ... nachdem ich unfreiwillig Zeugin eines Gesprächs geworden war. Und es stimmt. Ich habe verhindert, dass er diese anständigen Leute um ihr Hab und Gut bringt.«

»Und warum sollte ich Ihnen nach diesem ›Geständnis‹ jetzt noch glauben, dass Sie in allen anderen Fällen gänzlich ahnungslos waren?«

»Denken Sie, was Sie wollen, Mister Griffin. Ich rede erst wieder mit Ihnen, wenn ich mich mit meinem Anwalt beraten habe.«

»Sie machen einen großen Fehler, wenn Sie jetzt gehen ohne weitere Fragen beantwortet zu haben.«

»Sie können uns nicht drohen«, sagte Norman kalt. »Sie haben absolut nichts in der Hand. Habe ich recht, Mister Griffin? ... Lass uns gehen, Selma.«

Selma war am Boden zerstört. Das Gespräch mit Griffin, seine Unterstellungen, auch gegen Norman, hatten sie aufgewühlt und tief getroffen.

Auf der Rückfahrt nach Blue Bay weinte sie lautlos vor sich hin.

Für Norman war das kaum auszuhalten. Seine Wut auf Griffin wuchs. Irgendjemand musste diesen paranoiden Kerl aufhalten. Heute Abend war ein Gespräch mit Gordon fällig.

»Liebling, beruhige dich doch ... bitte. Griffin wird bald selbst merken, dass er sich verrannt hat.«

»Ich fühle mich beschmutzt ... Von ihm und seinen Unterstellungen. Und dass er auch noch dich mit hineinzieht, kann ich kaum ertragen. Es tut mir so leid ...«

»Hör auf, dich für die Unverschämtheiten dieses Idioten zu entschuldigen, Selma«, sagte Norman aufgebracht.

»Würdest du mich nicht lieben, müsstest du dich nicht verdächtigen lassen.«

»In einem hat Griffin recht ... Ich habe dich schon geliebt als Matthew noch lebte. Und wenn ich mit Gordon über seine windigen Geschäfte sprach, habe ich mehr als einmal gehofft, jemand käme ihm endlich auf die Schliche und würde ihn wegsperren.«

»Ach, Norman.« Selma beugte sich hinüber und strich ihm zärtlich durchs Haar.

»Aber ihn umbringen ... Auf diese Idee bin ich nun weiß Gott nicht gekommen.«

»Schade um die vielen Jahre. Warum hast du dich nicht früher getraut? Wie schön wäre es gewesen, wenn ich mich schon eher auf deine Stärke hätte verlassen können. Ich liebe dich, Norman ... Von ganzem Herzen.«

»Ich liebe dich auch, Selma. Heute Abend rede ich mit Gordon. Vielleicht hat der eine Idee, wie wir Griffin wieder loswerden können.«

***

Gordon holte zwei Dosen Bier aus dem Kühlschrank.

»Lass es dir schmecken und dann raus mit der Sprache. Mit was hat Griffin euch diesmal die Stimmung verhagelt?«

»Der Mann hat eine rege Fantasie. War der schon immer so?«

»Uns beide verbindet eine herzliche Abneigung. Vertraut habe ich ihm noch nie. Aber so richtig fies wurde er, als sie ihn zweimal bei Beförderungen übergingen. Wenn er diesen Fall löst, klappt es vielleicht doch noch mit der höheren Pension ... Hofft er wohl.«

»Wir wollen endlich unbeschwert leben ... Ohne Matthew Hudsons Geist. Deshalb wünschen wir ihm viel Glück dabei. Aber ich werde nicht akzeptieren, dass er Selma, und jetzt auch mich, verdächtigt.«

»Dich?«

»Sein neuestes Gedankenspiel: Ich habe Hudson beseitigt, um endlich freie Bahn bei der schönen Nachbarin zu haben. Vielleicht liest er zu viele miese Krimis.«

Gordon lachte schallend. »Du hast also Matthew Hudson umgebracht. Warum bin ich nicht selbst darauf gekommen?«

»Mir fehlte in dem Moment leider dein Humor, lieber Gordon. Im Gegenteil. Am liebsten hätte ich meine Faust in seinem Gesicht platziert.«

»Du hättest mein volles Verständnis gehabt, mein Freund. Spaß beiseite. Wie wollt ihr, wie will Selma darauf reagieren?«

»Sie will mit ihrem Anwalt sprechen. Ich spreche lieber mit dir. Du kennst alle Akteure. Auf deine Einschätzung kann ich mich verlassen. Dieser Anwalt ... Der hat doch sicher auch Matthew beraten, oder irre ich mich?«

»Du irrst dich nicht. Selma sollte sich einen anderen suchen. Ich bezweifle, dass sie dem Typen hundertprozentig trauen kann. Viele Geschäfte funktionierten sicher nur mit Anwalt und Notar.«

»Meine Rede. Selma meint, wir sollten es nicht Griffin gleichtun und aufs Geratewohl einfach Leute verdächtigen.«

»Im Prinzip stimme ich ihr zu, aber in diesem Fall ist Vorsicht geboten.«

»Was schlägst du vor?«

»Ich bin nach wie vor der Meinung, dass der Schlüssel bei dieser Cynthia Logan liegt.«

»Die Frau, mit der Hudson sich verdrücken wollte ... Du glaubst, sie hat etwas mit seinem Tod zu tun?«

»Sie war mit ihm am Strand ... allein. Oder hast du damals noch andere Figuren gesehen?«

»Nein. Aber sie sagte, Hudson sei unglücklich gestürzt.«

»Gestürzt ... Sagt sie ... Hat das mal jemand hinterfragt? Hudson war sportlich, in den besten Jahren und kein seniler Grandpa. So einer stürzt nicht einfach zu Tode. Und warum ist sie mit dem Koffer voller Geld getürmt, wenn es ›nur‹ ein tragischer Unfall war? Das stinkt doch zum Himmel. Und genau in diesen stinkenden Haufen werde ich Griffins Nase drücken ... Lass mich nur machen.«

»Du hast ihm doch schon einmal einen Tipp gegeben ... Nachdem sie Selma um mehr Geld erpressen wollte.«

»Damals hat er leider nicht darauf reagiert. Diesmal wird er es tun. Darauf verwette ich meine Giants-Mütze ... Und die ist mir heilig.«

»Viel Glück.«

»Hast du Pläne?«

»Was meinst du konkret?«

»Wie geht es mit dir und Selma weiter?«

»Ich möchte sie heiraten ...«

»Gute Entscheidung.«

»... habe aber keine Ahnung, ob sie das auch will. Auf jeden Fall muss zuerst dieser ganze unschöne Mist aus unserem Leben verschwinden.«

»Sie wird wollen ... Wirst sehen.«

»Gordon Cooper, der Hellseher. Sie zu überzeugen, wird sicher nicht einfach werden.«

»Bei dem Mist mit Griffin helfe ich dir. Den Antrag musst du alleine hinkriegen. Dafür bin ich der falsche Mann.«

»Mal wieder was von Dana gehört?«

Gordon schüttelte den Kopf.

»Sorry. Falsches Thema.«

»Inzwischen sollte ich mich damit abgefunden haben, dass meine Frau mich hat sitzenlassen ... Aber seit Linda ... Ich meine, seit Heather weg ist, beschäftige ich mich leider wieder viel zu oft mit diesem Thema. Tut nicht gut ... Hatte mich so an sie gewöhnt.«

»Wir vermissen Heather auch ... Besonders Selma. Hast du sie endlich angerufen?«

Gordon nickte. »Ja. Ist mir nicht leicht-gefallen. Du weißt schon ... Wunden aufreißen und so weiter und so fort. Inzwischen telefoniere ich regelmäßig mit ihr. Und ich habe ihr vorgeschlagen, endlich mit Everton zu reden.«

»Und ... hat sie?«

»Ja. Parker ist mit ihr nach Boston zu Evertons letzter Lesung gefahren.«

»Parker? Respekt.«

»Hab den Jungen ziemlich falsch eingeschätzt. Jetzt weiß ich, dass er Größe besitzt und warum Heather ihn liebt.«

»Stimmt, du warst ziemlich schroff zu ihm. Du wolltest einfach ›Linda Sinclair‹ nicht loslassen ... Und da warst du nicht der Einzige.«

»War eine komische Situation. Ich habe alles dafür getan, dass sie ihr Gedächtnis wiederfindet. Und als sie dann als Heather Franklin vor mir stand, hat es mir schier das Herz gebrochen.«

»Wie kommt Everton damit klar?«

»Wie soll's Einem gehen, der die Liebe verloren hat?«

»Kann's mir vorstellen. Beschissen. Wie sonst? Wir müssen uns um ihn kümmern.«

»Unbedingt. Aber zuerst soll er mal richtig zu Hause ankommen ... Auch innerlich seine Flucht beenden. Möglicherweise arbeitet er inzwischen an einem neuen Projekt ... Das wird ihm helfen ... Vielleicht.«

»Zumindest hat ihm der letzte Sommer einen großen Erfolg beschert.«

»Vermutlich würde er darauf gerne verzichten, wenn ihm stattdessen die Liebe geblieben wäre. Wir müssen alle nach vorne blicken. Der Sommer ist vorbei. So oder so.«

»Ja, weiser Mann ... So ist es. Danke fürs Bier, dein offenes Ohr und die guten Ratschläge. Ich fahre jetzt hoffnungsvoller nach Hause als ich hergekommen bin.«

»Immer gerne. Gruß an Selma. Sie soll sich nicht zu viele Sorgen machen.«

***

Nachdem Norman gegangen war, saß Gordon noch lange auf seiner Veranda und schaute hinaus auf den Ozean.

Er sollte die Schwermut hinter sich lassen. Seine Freunde brauchten ihn. Selma, Norman und auch Paul Everton. Sie alle hatten einen Verlust erlitten. Doch Heather Franklin war wieder bei dem Mann, den sie liebt und der sie glücklich macht. Nur das zählte.

Und auch Paul Everton würde irgendwann weniger Schmerz verspüren und vielleicht sogar eine neue Liebe finden. Im Gegensatz zu ihm. Er war in die Jahre gekommen und seine Liebe lebte schon lange in Nevada ... in einem Wohnpark für reiche Senioren ... mit einem anderen Mann.

Vor allen anderen Bewohnern war Jamie Watson auf den Beinen. Obwohl ihn Rückenschmerzen plagten und seine Augen nicht mehr die besten waren, konnte sich seine Kundschaft tagein, tagaus darauf verlassen, dass er ihnen die Nachrichtenwelt pünktlich bis vor die Tür brachte.

Die Windungen der Ocean Lane hinauf zu Mrs Hudsons Anwesen blieben ihm seit zwei Jahren erspart.

Als sie ihn damals bat, ihre *Los Angeles Times* im Briefkasten der Bücherei zu deponieren, hatte ihn das tief gekränkt. Doch ihm war schnell klar geworden, dass sie es aus Rücksichtnahme tat. Wusste er selbst doch nur zu gut, dass ihm der Weg über kurz oder lang zu viel geworden wäre. Da machte er sich nichts vor. Das Alter steckte ihm in den müden Knochen.

Er war nicht mehr der schmächtige Jamie, der vor über sieben Jahrzehnten fröhlich vor sich hin pfeifend durch die Stadt geradelt war, obwohl sein Leben eigentlich keinen Anlass zum Pfeifen bot. Sein Vater hatte die große Weltschlacht nicht überlebt und seine

Mutter drei hungrige Mäuler zu stopfen gehabt. Also sorgte Jamie mit seinen mühsam verdienten Pennys dafür, dass sie nicht jegliche Hoffnung verlor.

Gut gemeinte Ratschläge, diesen Job endlich einem Jüngeren zu überlassen, schlug er in den Wind; fürchtete er doch die vielen Stunden allein. So kam er wenigstens für eine Weile aus dem Haus und die Tage zogen sich nicht so endlos hin.

Heute wird Mrs Hudson keine Freude an ihrer Lektüre haben, dachte er bekümmert. So eine liebenswerte Frau. Aber ihr durchtriebener Gatte lässt sie auch über den Tod hinaus nicht los.

Er faltete die Zeitung mit der dicken Schlagzeile *Die undurchsichtigen Geschäfte des Matthew Hudson* zusammen und schob sie durch den schmalen Schlitz.

***

In Carmel-by-the-Sea setzten sich Mildred und Clifford Malone an den üppig gedeckten Frühstückstisch und genossen den Blick auf die Bucht und den Pazifik.

Seit er in seiner Anwaltskanzlei kürzer trat, verbrachten sie einige Wochen des Jahres hier in ihrem weitläufigen Anwesen, fernab des Trubels in San Francisco, den ungelösten Fällen und den gesellschaftlichen Verpflichtungen.

Ihr Sohn Dexter nahm seinem Vater inzwischen die weniger komplizierten Fälle ab. Bald könnte er ganz in dessen Fußstapfen treten. Die Malones waren stolz auf ihren Sohn und hofften, er würde den Wunsch seines Vaters irgendwann ernst nehmen und eine politische Kariere anstreben. Ein Senator, oder auch Höheres in der Familie würde ihren gesellschaftlichen Status festigen. Auch deshalb hätten sie sich eine andere Frau an seiner Seite gewünscht; die kleine Hudson war nicht ihre erste Wahl.

Doch obwohl dieses Thema schon oft zu hitzigen Debatten geführt hatte, war Dexter entschlossen, Helen Hudson zum Altar zu führen.

Clifford Malone tupfte sich mit der Serviette über die Lippen, goss sich Kaffee nach und griff, wie jeden Morgen, nach der *Los Angeles Times*.

Der Blick auf die heutige Titelseite vermieste ihm die Stimmung gewaltig. *Die undurchsichtigen Geschäfte des Matthew Hudson* prangte dort in großen Lettern.

»Verdammt, Mildred, schau dir das an.« Demonstrativ hielt er seiner Frau die Zeitung entgegen.

Mildred Malone hob die Augenbrauen und ihr sorgfältig geschminktes Gesicht zeigte nun eine steile Stirnfalte. »Ich habe immer geahnt, dass uns dieses Thema noch beschäftigen wird.«

»Wir müssen dringend mit Dexter sprechen.« Ohne den Artikel gelesen zu haben, griff er zum Smartphone.

»Und was willst du ihm sagen? Du solltest dir das vorher überlegen, Clifford. Du kennst seine Reaktionen, wenn er sich angegriffen fühlt.«

Er legte das Smartphone zurück auf den Tisch. »Was schlägst du vor?«

»Wir hätten ihm schlichtweg verbieten sollen, diese Liaison einzugehen.«

»Liaison? Wenn es nur das wäre, meine Liebe. Fakt ist, er hat ihr bereits einen prächtigen Ring an den Finger gesteckt. Liaison ...« Clifford schnaubte verächtlich.

»Dann müssen wir eben dafür sorgen, dass er seine Entscheidung korrigiert.«

»Du weißt doch genau wie bockig er auf Ratschläge reagiert, Mildred. Wir werden nur Erfolg haben, wenn er von selbst darauf kommt, dass er mit dieser Frau niemals eine politische Kariere einschlagen kann ... Du weißt selbst, wie gnadenlos die Medien sind. Der zweifelhafte Ruf seines ›Schwiegervaters‹ würde ihm nach kürzester Zeit auf die Füße fallen.«

»Und ... was gedenkst du zu tun?«

»Wir müssen da subtiler vorgehen ... Ihn darauf stoßen, ohne dass er unsere Absichten erkennt.«

»Er ist nicht dumm, Clifford.«

»Nein, das ist er nicht. Aber er ist ehrgeizig und will sicher nicht bis ans Ende seiner

Tage in der Kanzlei sitzen und für andere Leute die Kohlen aus dem Feuer holen. Er will mehr ... Und das ist unsere Chance.«

»Vielleicht hast du recht. Bis die beiden am Wochenende herkommen, sollten wir einen Plan haben.«

»Wir müssen dafür sorgen, dass er alleine kommt. Wie sollen wir mit ihm reden, wenn sie ständig in seiner Nähe ist? Da bist du als Mutter gefragt. Lass dir etwas einfallen.«

»Das tue ich, mein Lieber. Wollten wir nicht schon längst mal wieder die Thompsons einladen?«

Clifford sah seine Frau verdutzt an. »Wieso stellst du mir jetzt diese Frage? Was hat das mit unserem Problem zu tun?«

Mildred lächelte süffisant. »Lizzie Thompson ist eine attraktive, junge Frau ... und nicht auf den Kopf gefallen.«

»Du bist ein durchtriebenes Frauenzimmer, Mildred Malone.« Clifford lachte. »Du glaubst also, unser Sohn wechselt so mir nichts dir nichts die Seiten und interessiert sich auf einmal für die kleine Thompson? Dazu hätte er lange genug Zeit gehabt.«

»Er ist auch nur ein Mann ... Genau wie sein Vater. Habe ich recht, Clifford?«

»Wäre es nicht an der Zeit, dieses Thema ein für alle Mal zu vergessen?« Er sah seine Frau sichtlich genervt an.

»Vergessen? Eine Ehefrau wäre dumm, wenn sie so etwas vergessen würde.« Sie faltete ihre Serviette sorgfältig zusammen, stand auf und sagte im Hinausgehen: »Du hast auch nach dreißig Ehejahren noch nicht begriffen, wie Frauen, und deine Frau im speziellen, ticken. Ich ziehe mich zurück ... Pläne schmieden.«

Clifford schaute ihr betroffen hinterher. Wie hatte er annehmen können, Mildred hätte die Geschichte vergessen. Im Gegenteil. Sie sorgte dafür, dass die Geschäftsreise mit der ambitionierten Referendarin nicht in Vergessenheit geriet. Auch nicht bei ihm.

***

Helen freute sich schon seit Tagen auf das Wochenende. Dexter und sie würden in das luxuriöse Feriendomizil seiner Eltern in Carmel-by-the-Sea fahren.

Es waren immer besondere Tage für sie. Manchmal war es ihr peinlich, dass sie die dort gebotenen Annehmlichkeiten so sehr genoss. Obwohl auch sie aus einem gut betuchten Elternhaus kam, war es doch mit dem der Familie Malone nicht zu vergleichen.

Überhaupt waren ihre beiden Familien grundverschieden. Ihre Mutter hatte dafür gesorgt, dass sie und ihre Schwester mit den Füßen auf dem Boden blieben, sich nicht für etwas Besonderes hielten. Im Gegensatz dazu hatten Dexters Eltern ihm von Beginn an beigebracht, sich wie ein Mitglied der gehobenen Gesellschaft zu verhalten.

Besonders dieser Charakterzug ihres Verlobten ging ihr ab und zu gewaltig auf die Nerven. Besonders dann, wenn er nach seltenen Besuchen in Blue Bay immer spöttisch fragte, wie man denn ohne Pool leben könne, auch wenn Strand und Pazifik quasi vor der Tür seien?

Noch etwas beschäftigte sie. Auf Dexters Eltern zu treffen, bedeutete immer, nicht sie selbst sein zu können. Sie war selten gelöst. Im Gegenteil. Stets saß sie kerzengerade bei Tisch, achtete peinlich genau darauf, dass ihr keine Fehler unterliefen. Nur wenn sie mit Dexter allein war, konnte sie sich entspannen und die wahre Helen sein.

Schluss mit diesen unangenehmen Gedanken. Obwohl seine Eltern zurzeit auch in Carmel waren, wollte sie sich uneingeschränkt auf die Tage freuen.

Gerade als sie ihren kleinen Wagen geschickt in eine Parklücke bugsierte, läutete ihr Smartphone. Dexter.

»Hallo, Dexter, schön, dass du anrufst. Bin gerade bei Cathy vorgefahren.«

»Du, Helen, ich habe leider schlechte Nachrichten. Mit unserem gemeinsamen Trip nach Carmel wird es leider nichts.«

»Oh ... Warum denn?«

»Familienprobleme.«

»Aber ...«

»Hör zu, ich kenne meine Eltern. Es wird ewig lange Gespräche geben ... Ich könnte mich nicht so um dich kümmern, wie du es verdient hast ... Du würdest dich langweilen, kämst dir überflüssig vor.«

»Ich habe mich so darauf gefreut«

»Liebes, ich doch auch. Aber das will ich dir nicht antun.«

»Schade ... Ich dachte, ich gehöre inzwischen ein bisschen zur Familie.«

»Das tust du ja auch ... Aber meine Eltern haben sehr ernst geklungen. Vielleicht wäre es ihnen unangenehm, wenn du dabei wärst.«

»Okay, Dexter. Verstehe. Sehen wir uns noch, bevor du fährst?«

»Eher nicht. Hab noch jede Menge zu tun. Ich melde mich am Sonntagabend ... Falls ich rechtzeitig zurück bin. Ich liebe dich.«

»Ich dich auch, Dexter. Bis bald. Grüß deine Eltern.«

Nachdenklich ging Helen hinauf zum Apartment ihrer Schwester.

Adieu Carmel-by-the-Sea, adieu wohl temperierter Swimmingpool, adieu zärtliche Stunden mit Dexter.

Die Malones wollten sie nicht dabeihaben, wenn es Probleme zu lösen gab. Diese Tatsache schmerzte.

Dass Dexters Eltern sie nicht gerade abgöttisch liebten, war ihr schon zu Beginn ihrer Beziehung klar geworden. Sie hatte so sehr gehofft, nach der Verlobung würde sich an deren Zurückhaltung etwas ändern. Da war ich wohl zu blauäugig gewesen, dachte sie bekümmert.

Sie klopfte an Cathys Tür. Vielleicht konnte ihre Schwester sie von ihrem Kummer ablenken.

»Hallo, Schwesterherz. Schön, dass du da bist.« Cathy sah sie aufmerksam an. »Was ist los? Du siehst nicht sehr glücklich aus.«

Helen hängte ihre Jacke an den Haken in der Diele und ging wortlos hinüber in das helle, bunte Zimmer. Cathys ausgefallene Dekoration hatte schon für manchen Spott ihrerseits gesorgt. Besonders der giftgrüne Drache aus Pappmaché, der jeden Besucher mit einem, wie sie fand, dümmlichen Grinsen empfing. Doch heute hatte sie keinen Blick dafür.

Sie ließ sich mit einem lauten Seufzer auf den Sessel fallen. »Dexter hat mich gerade ausgeladen.«

»Er hat was?«

»Seine Eltern haben ihn gebeten, allein zu kommen. Es gäbe irgendwelche Probleme zu lösen ... Offensichtlich störe ich dabei.«

»Das ist ja ein Ding ... Und das lässt du dir einfach so gefallen?«

»Mir ist schon lange klar, dass sie ein Problem mit mir haben. Ich will da kein Öl ins Feuer gießen. Solange Dexter zu mir steht, kann mir das egal sein.«

»Tja, wenn du das so siehst. Ich würde mir das nicht bieten lassen. Ich würde ihm ordentlich einheizen.«

»Ach, Cathy, Diplomatie war noch nie deine Stärke.«

»Stimmt. Ich bevorzuge klare Worte. Diplomatie verbiegt einen bloß.«

»Wann fährst du mal wieder nach Blue Bay?«

Cathy zuckte mit den Schultern.

»Mom vermisst dich.«

»Ich sie auch. Aber ...«

»Cathy, du wirst Norman Bishop nicht ewig aus dem Weg gehen können. Sei doch froh, dass Mom wieder glücklich ist.«

»Ich freue mich ja für sie. Aber muss es ausgerechnet Norman Bishop sein?«

»Cathy, wir haben schon so oft darüber gesprochen. Sie hat dir nicht den Mann weggenommen. Norman hat sich nie für dich interessiert. Was kann er ... was kann Mom für deine Hirngespinste? Hätte er dir jemals Avancen gemacht, wäre ich uneingeschränkt auf deiner Seite, aber so ... Nein, tut mir leid.«

»Du bist ganz schön hart zu mir, liebe Schwester.«

»Sorry, aber jemand muss dir doch die Augen öffnen. Du kannst nicht ewig schmollen und den beiden aus dem Weg gehen. Besonders Mom hat das nicht verdient. Sie ist immer für uns da. Immer.«

»Du hast recht. Das ist sie.«

»Also, wann fährst du endlich nach Hause?«

»Das ist nicht so einfach, Helen.«

»Doch, das ist es. Ruf sie an, sag ihr, dass du kommen möchtest und sie wird vor

Freude jubeln. Sie liebt dich, Cathy. Und Norman ist ein feiner Mensch. Und er macht sie glücklich. Gönne den beiden das uneingeschränkt. Lass sie kein schlechtes Gewissen mehr haben. Bitte.«

»Ich werde ernsthaft darüber nachdenken. Versprochen. Wann fährst du eigentlich mal wieder nach Blue Bay? Zusammen mit dir wäre es einfacher für mich.«

»Lass mich erst einmal abwarten, welche Neuigkeiten Dexter aus Carmel mitbringt. Vielleicht ist es ja wirklich etwas Ernstes. Dann will ich für ihn da sein.«

»Ich mag ihn nicht besonders ... deinen Dexter. Aber das beruht auf Gegenseitigkeit. Er scheut immer den direkten Blickkontakt ... Das kommt mir suspekt vor.«

»Du musst ihn ja nicht mögen, liebste Schwester. Hauptsache er macht mich glücklich.«

»Hoffentlich irrst du dich da nicht.«

»Cathy, was ist los mit dir? Gönnst du mir mein Glück etwa nicht?«

»Jedes Glück der Welt. Aber ob Dexter ... Ach, lassen wir das. Vielleicht bin ich tatsächlich ein bisschen neidisch ... Auf dich ... Auf Mom ... Überall um mich herum die große Liebe ... Nur mich findet sie nicht.«

»Du darfst nicht suchen ... Sie wird dich finden ...«

Cathy lachte laut. »Aus welchem Lyrik-Band hast du denn diese Weisheit?«

»Ist mir gerade eingefallen. Mal ehrlich, mach dir nicht so viele Sorgen. Du bist jung und schön. Nicht alle Männer sind blind dafür.«

»Danke fürs Mut machen.« Cathy küsste Helen geräuschvoll auf die Wange. »Lass uns raus gehen und ein wenig Spaß haben.«

5

In den zahlreichen Facetten des Kristall-
leuchters brach sich das Sonnenlicht. Durch
die offene Terrassentür waren das entfernte
Tosen des Ozeans und das rhythmische
Klacken des Rasensprinklers zu hören.

Sonst störte nichts und niemand den
Samstagmorgen. Man hielt vornehmen
Abstand zu seinen Nachbarn; Diskretion war
oberstes Gebot. Deshalb fühlten sich viele
Prominente, besonders Stars und Sternchen
aus Hollywood, hier wohl. Einer ihrer
Vertreter, der raubeinige Clint Eastwood,
hatte es in den achtziger Jahren sogar zum
Bürgermeister von Carmel-by-the-Sea
gebracht und mit rigorosen Anordnungen für
Aufsehen gesorgt. Doch das war inzwischen
Geschichte.

Mildred Malone, wie jeden Tag stilsicher
gekleidet und sorgfältig frisiert und
geschminkt, machte ihren morgendlichen
Kontrollgang durch die Zimmer. Mit ihrem
Zeigefinger fuhr sie über Bilderrahmen und
die floralen Elemente der wertvollen

Jugendstil-Kommoden. Auf dem dunklen Holz war kein Staubkorn zu entdecken.

Sie war zufrieden. Eine Meisterleistung ihrer emsigen mexikanischen Putzfrau. Denn anders als in ihrem Stadthaus in San Francisco, gehörte der Kampf gegen den feinen Sand, der ständig vom Ozean herauf geweht wurde, hier zum Alltag.

Conchita war ein Glücksgriff gewesen; beflissen ... doch leider ohne gültige Papiere. Über diese lästige Tatsache sah sie jedoch gern hinweg. Dienstbare Geister, zuverlässig und fleißig, waren immer schwerer zu finden. Dieses kleine, schmutzige Geheimnis hütete sie wie den großen Brillantring, den ihr zerknirschter Ehemann ihr nach seinem amourösen Abenteuer an den Finger gesteckt hatte.

Nach dem Rundgang ließ sie sich nervös im Wohnzimmer nieder und klopfte ungeduldig mit ihren sorgfältig manikürten Fingernägeln auf die Lehne der ausladenden Ledercouch.

Wie konnte Clifford nur unbesorgt in seinem Pool planschen, während sich bei ihr vor lauter Anspannung eine Migräne andeutete? Dabei wusste er doch genau, dass an diesem Wochenende nichts schiefgehen durfte.

Ihr Plan hatte jede Menge Kraft und Zeit beansprucht. Sie konnte wirklich stolz auf sich sein.

***

Nach dem unangenehmen Telefongespräch mit Helen, war Dexter mit schlechtem Gewissen in die Anwaltskanzlei gefahren.

Er wusste zwar, dass seine Eltern von seiner Wahl nicht begeistert waren, aber dass sie so weit gehen würden und Helen für ein fest eingeplantes Wochenende wieder ausluden, überraschte ihn dann doch. Entweder war es eines der Spielchen seiner Frau Mama oder aber es gab wirklich ernsthafte Probleme. Beide Möglichkeiten bereiteten ihm Unbehagen.

Um damit nicht schon am Freitagabend bei seiner Ankunft konfrontiert zu werden, fuhr er bewusst erst spät in San Francisco los. Der dichte Feierabendverkehr auf der vielspurigen Stadtautobahn, der ihn an anderen Tagen gewaltig nervte, spielte ihm nun in die Hände.

Zudem mochte er die Stadt der gut betuchten Einwohner, die jeden Tag tausende neugierige Touristen anlockte, nicht. Hier in Carmel fühlte er sich wie in einem Freilichtmuseum. Das war nicht seine Welt.

Obwohl bereits später Vormittag, drehte er sich noch einmal auf die andere Seite. Es war ihm tatsächlich gelungen, die Begegnung mit seinen Eltern auf den heutigen Samstag zu vertagen. Sein schlechtes Gewissen hielt sich in Grenzen. Schließlich war er nach einem anstrengenden Arbeitstag erst spät in Carmel angekommen. Diesen Grund würden sie ohne Murren akzeptieren und ihn stattdessen für sein Pflichtbewusstsein loben.

Hartnäckiges Klopfen an der Zimmertür beendete seinen Müßiggang. Frustriert schlug er die Bettdecke zurück, dehnte und reckte sich, ehe er ein unwilliges, lautes »Ja, bitte« von sich gab.

Eingehüllt in eine wohlriechende Duftwolke betrat Mildred strahlend das Zimmer.

»Dexter, mein Junge, hast du gut geschlafen?«

Er nickte und versuchte mit den Fingern seine widerspenstigen Haare zu ordnen.

»Schade, dass es gestern Abend schon so spät war. Dein Vater und ich hätten uns gerne noch mit dir unterhalten.«

»Die Fahrt war stressig und ich war müde. War ein langer Tag ... Was ist denn so dringend?«

»Entschuldige, mein Liebling. Du hast recht. Nimm eine Dusche und dann sehen wir uns auf der Terrasse.«

»Okay, Mom.«

Mildred hob missbilligend die Augen-brauen. Sie mochte weder dieses in ihren Augen allzu flapsige »okay« noch dieses kindische Kosewort.

Er wusste das genau. Doch ab und zu machte er sich einen Spaß daraus, sie aus ihrer stets kontrollierten Fassung zu bringen.

***

Eine Stunde später gesellte er sich zu seinen Eltern auf die weitläufige Terrasse, die einen grandiosen Blick hinunter auf den Ozean bot.

Ein großer Schirm sorgte für wohltuenden Schatten in dieser grünen Oase, für deren Erhalt sein Vater weder Mittel noch Mühe scheute. Obwohl Kalifornien schon lange unter Wasserknappheit litt und jedes Jahr gegen anhaltende Trockenheit und gewaltige Waldbrände ankämpfte, ließ Clifford Malone sich nicht beirren.

Schon oft hatte Dexter, sehr zum Missfallen seines Vaters, scherzhaft versucht, ihm Kakteen statt immer neuer Rosensträucher schmackhaft zu machen. Vergebens.

Clifford räusperte sich. »Dexter, schön dich zu sehen, mein Sohn. Wir müssen uns dringend ...«

Mildred fiel ihrem Mann ins Wort. »Nun lass ihn doch erst einmal in Ruhe einen Kaffee trinken, Clifford«, tadelte sie ihn.

Doch Dexter kam gleich zur Sache. »Warum sollte ich ohne Helen kommen?« Er bemerkte bei seiner Mutter ein nervöses Zucken der Nasenflügel und ahnte, dass ihm die Antwort nicht gefallen würde. »Also ... warum?«

»Wir wollten dich wieder einmal ganz für uns haben. Wenn Helen dabei ist, bist du immer anderweitig beschäftigt und vernachlässigst deine Mutter.« Mildred betupfte sich mit einem blütenweißen Taschentuch theatralisch die Augenwinkel.

»Schluss mit dem Theater, Mildred. Legen wir die Karten auf den Tisch.« Clifford griff neben sich und legte die letzte Freitagausgabe der *Los Angeles Times* vor seinen Sohn hin. »Was hältst du davon ... beziehungsweise, was hat das zu bedeuten?«

Daher wehte also der Wind. Die negativen Schlagzeilen über seinen Schwiegervater in spe hatten seine Eltern in Aufruhr versetzt und jetzt stand wohl wieder eine Debatte über seine geplante Hochzeit mit Helen Hudson ins Haus.

»Was soll ich schon davon halten? Hudsons Tod ist noch immer ungeklärt. Er war ein erfolgreicher Geschäftsmann und die offenen Fragen fördern nun mal die Fantasie der mehr oder weniger seriösen Journalisten.«

»Du nimmst das viel zu sehr auf die leichte Schulter, Dexter. Denke an deine Zukunft. Diese Gerüchte über möglicherweise zwielichtige Geschäfte werden dir irgendwann auf die Füße fallen.«

»Inwiefern?«

»Junge, denk nach. Vermutlich willst du nicht dein Leben lang als Anwalt anderer Leute Probleme regeln ... Wir haben uns immer gewünscht, dass du ...«

»Dad ... Vater, kommt jetzt etwa wieder das leidige Thema ›Politik‹ auf den Tisch?«

»Was ist daran so verkehrt? Der Name ›Malone‹ hat Gewicht in Kalifornien. Dir stehen alle Türen offen. Gouverneur, Senator und später vielleicht ...«

»Mutter, ich bitte dich. Das hängt von so vielen Dingen ab. Man muss sich das Wohlwollen so vieler Menschen erwerben. Sich mit Leuten gut stellen, die man eigentlich nicht zum Bekanntenkreis zählen möchte. Das sind Unwägbarkeiten, die nicht zu kalkulieren sind. Und ich habe zudem keine Lust, mich von der Presse durchleuchten zu lassen, um mich anschließend für jede Jugendsünde rechtfertigen zu müssen.«

»Unsere Familie hat nichts zu verbergen. Weder dein Vater, noch ich, noch du. Und diese Makellosigkeit können wir uns nicht durch die Wahl einer falschen Ehefrau deinerseits ruinieren lassen.«

»Mutter, ich verbitte mir eine solche Herabwürdigung meiner zukünftigen Ehefrau. Helen ist ein liebenswerter Mensch. Ich liebe sie ... und ich werde sie heiraten. Mehr habe ich dazu nicht zu sagen.« Dexter stand auf. »Ihr entschuldigt mich. Ich muss packen. Ich fahre zurück.«

»Setz dich wieder hin, Dexter.« Clifford deutete mit ausgestrecktem Arm auf den Stuhl. »Du kannst deine Eltern, die sich berechtigte Sorgen um dich machen, nicht einfach in dieser Art und Weise abkanzeln.«

Dexter, vom ungewohnt strengen Tonfall seines Vaters überrascht, nahm wieder Platz. »Entschuldigt. Aber ich mag es nun einmal nicht, wenn ihr ständig Pläne für mein zukünftiges Leben macht. Ihr habt schon so viele Entscheidungen in eurem Sinn getroffen. Jetzt bin ich ein erwachsener Mann und möchte den für mich richtigen Weg selbst finden und gehen ...« Lautes Hupen unterbrach seine Rede. »Erwartet ihr Besuch?«

»Vor ein paar Tagen ist mir Celia Thompson über den Weg gelaufen. Wir sind ins Gespräch gekommen und haben beschlossen, uns zu einem Glas Wein zu treffen. Und jetzt sind sie da.« Mildred stand auf und ging zur Tür um ihre Gäste zu empfangen.

»Moment mal, Vater, ihr besteht darauf, dass ich ohne Helen herkomme, damit wir ungestört reden können, und jetzt stehen die Thompsons vor der Tür?«

»Dexter«, sagte Clifford peinlich berührt »du kennst doch die spontanen Einfälle deiner Mutter. Machen wir das Beste daraus.«

Mildred kam strahlend zurück. Hinter ihr die Thompsons. »Schau mal, Dexter, wen ich da mitbringe?«, sagte sie und schob eine junge Frau nach vorn.

»Lizzie ... Du?«, sagte Dexter überrascht.

***

Etliche Meilen südwärts holte Selma Hudson die *Los Angeles Times* aus dem Briefkasten der Bücherei, steckte sie, ohne einen Blick darauf zu werfen, in ihre Tasche und machte sich auf den Heimweg.

Unterwegs zu ihrem Auto lief ihr Molly Pearson über den Weg. Erfreut winkte sie ihr zu. Doch anders als sonst üblich, wandte Molly sich nach einem kurzen Gruß verlegen ab und schlug eine andere Richtung ein.

Selma war verblüfft. Warum benahm sich Mrs Pearson so eigenartig? Dann erinnerte sie sich betroffen daran, dass auch Sheriff Miller heute nur ein kurzes Nicken für sie übriggehabt hatte.

Vielleicht bilde ich mir das alles nur ein, überlegte sie als sie ihr Auto startete und Richtung Ocean Lane fuhr.

Norman erwartete sie schon. »Hallo, Liebes, wie war dein Tag?«

»Du klingst so seltsam, Norman. Hast du etwas ausgefressen?« Sie umarmte und küsste ihn.

»Nein, das habe ich nicht. Komm, lass uns hineingehen.« Er schob sie durch die Tür, nahm ihre Jacke, hängte sie an die Garderobe und führte sie in die Wohnhalle.

Was war heute bloß los? Das eigenartige Verhalten der Leute in Blue Bay und jetzt auch noch Norman.

»Norman, irgendetwas ist doch passiert. Du bist nicht der Erste, der sich heute komisch

benimmt. Sheriff Miller, Molly Pearson und
...«

»Hast du schon einen Blick in die Zeitung
geworfen?«

»Nein. Ich hatte noch keine Zeit zum Lesen.
Warum?«

»Tu es. Dann wirst du's verstehen.«

»Du sprichst in Rätseln. Das ist gar nicht
deine Art.« Gespannt griff sie nach der
Zeitung, faltete sie auseinander und wurde
blass. »Oh, mein Gott. Das darf doch nicht
wahr sein. Hört das denn nie auf?« Sie ließ
sich aufs Sofa fallen und vergrub den Kopf in
ihren Händen.

»Beruhige dich, Liebling.«

»Wie soll ich mich beruhigen, wenn ich
ständig mit diesen Dingen konfrontiert
werde?«

»Wenn ich ehrlich bin, habe ich mit so etwas
gerechnet. Die Vorladung bei Griffin ist
sicher nicht unbemerkt geblieben. Vielleicht
hat jemand einen Tipp an die Presse
gegeben.«

Selma schmiss die Zeitung in hohem Bogen
von sich. »Wenn schon diese vermeintlich
seriöse Presse mit solchen Vermutungen
kommt, was werden dann erst die
einschlägigen Gazetten ungeprüft ans Licht
zerren? Ich möchte, dass es aufhört. Ich habe
genug davon.« Sie stand auf und rannte an
dem verdutzten Norman vorbei ins
Schlafzimmer. Die Tür fiel mit einem lauten
Knall hinter ihr ins Schloss.

Ehe Norman ihr folgen konnte, summte sein Smartphone. Gordon.

»Hallo, Gordon.«

»Norman, wie geht's Selma?«

»Sie ist außer sich. So wütend habe ich sie noch nicht erlebt. Welcher Vollidiot hat den ganzen Mist an die Presse gegeben? Am liebsten würde ich mich auf den Weg zu diesem Griffin machen und nachholen, was ich mir neulich verkniffen habe.«

»Beruhige dich, mein Freund. Du hilfst Selma nicht, wenn du auch noch die Fassung verlierst. Bin demnächst sowieso in Santa Barbara. Ich werde mal die Fühler ausstrecken. Versuch du deine Liebste zu beruhigen ... Verdammter Mist, aber auch. Ich melde mich wieder.«

Später lag Selma in Normans Armen und weinte leise vor sich hin. Er fühlte sich so hilflos. Alle Versuche, sie zu trösten, waren misslungen.

Nach diesem erneuten Debakel, verfestigte sich sein Plan. Er sollte nicht länger zögern und sie endlich bitten, seine Frau zu werden. Dann wäre sie diesen Namen, der ihr immer mehr zur Last wurde, los.

6

Helen vermisste Dexter. Seit ihrem unerfreulichen Telefonat am Freitag hatte er sich nicht mehr bei ihr gemeldet. Das war so gar nicht seine Art. Beunruhigt fragte sie sich, was es wohl für Probleme bei den Malones gab.

Dass er das Wochenende ohne sie verbracht hatte, war ein weiterer Einschnitt in ihr gemeinsames Leben gewesen. Denn seit er in der Anwaltskanzlei seines Vaters arbeitete, sahen sie sich nicht mehr jeden Tag ... wie noch während seines Studiums.

Sie vermied es tunlichst, ihm deswegen Vorwürfe zu machen. Er musste sich seinen Platz in dem erfahrenen Team erst noch erkämpfen; sein Vater erwartete viel von ihm. Obwohl ihr inzwischen klar war, dass sie auch später in ihrer Ehe Abstriche machen musste, freute sie sich darauf, seine Frau zu werden und vielleicht auch bald ein Baby zu bekommen.

Eine Nachricht von Cathy unterbrach ihre Gedanken. Sie hoffte, ihre Schwester hätte sich endlich dazu entschlossen, nach Blue

Bay zu fahren. Doch beim Blick auf die wenigen Sätze wurde sie blass.

Hallo, Helen, hast du schon gelesen? Die Los Angeles Times verbreitet üble Lügen über unseren Dad. Das ist so schäbig. Er ist tot; kann sich nicht mehr wehren.

Üble Lügen über ihren Vater? Helens Herz begann heftig zu klopfen. War das etwa der Grund, warum Dexter allein zu seinen Eltern kommen sollte?

Sie schrieb zurück: *Üble Lügen? Ich habe keine Ahnung wovon du redest. Gib mir einen Moment. Melde mich wieder.*

Dann klappte sie ihren Laptop auf, loggte sich ein und ging auf die Suche. Tatsächlich. Die angeblich zwielichtigen Geschäfte ihres Vaters waren der Aufmacher der Freitagausgabe gewesen.

Sie überflog den Artikel, der hauptsächlich aus Mutmaßungen, auch über seinen Tod, bestand. Ein ehemaliger Geschäftspartner hat sich offensichtlich auf die Seite der Ermittlungsbehörde geschlagen; vermutlich um seinen eigenen Kopf zu retten.

Ein Detective Griffin vom Santa Barbara Police Department wurde zitiert. Er berichtete von einer Vorladung Selma Hudsons, der Ehefrau und Witwe. Sie habe bei der Unterredung nicht alle Zweifel an einer etwaigen Mitwisserschaft ausräumen können und sich in Widersprüche verstrickt. Er würde weiterhin auch in diese Richtung ermitteln.

»Oh, nein, arme Mom.« Helen war aufgewühlt. Warum konnten sie sie nicht endlich in Ruhe lassen? Sie war sich sicher, dass ihre Mutter keine Ahnung von den Geschäftsgepflogenheiten hatte. Die waren zu Hause nie ein Thema gewesen.

Doch dann erinnerte sie sich an eine ungewohnt lautstarke Auseinandersetzung zwischen ihren Eltern. Der Name »Pearson« war gefallen. Aber was hatte ihr Dad mit den Pearsons zu tun gehabt?

Endlich fiel der Groschen. Der Golfplatz ... Sein Plan, in Blue Bay einen Golfplatz zu errichten. Dafür wäre die Farm der Pearsons der ideale Standort gewesen. Hatte ihr Dad etwa versucht, den Pearsons ihr Land abzuschwatzen?

So musste es gewesen sein. Ihre Mutter hatte es verhindert und das legte man ihr jetzt als Mitwisserschaft aus. Sie musste dringend mit ihr reden.

Ausgerechnet jetzt kam ihr ein Anruf von Dexter in die Quere; wo sie doch gerade vollkommen durch den Wind war.

»Hallo, Dexter, bist du zurück? Wie war's?«

»Hallo, Helen, Liebes ... Wie es war? Du kennst doch inzwischen meine Mutter.« Er lachte gequält. »Sie dramatisiert gerne.«

»Es ging um den Artikel über meinen Vater ... stimmt's?«

»Ja.«

»Und ... haben deine Eltern beschlossen, dass ich in Sippenhaft genommen werde muss?«, scherzte sie und hoffte, er würde das energisch von sich weisen.

»Sie machen sich Sorgen.«

Also doch. Sie hat richtig gelegen mit ihrer Vermutung. »Was habe ich mit den alten Geschäften meines Vaters zu tun?«, fragte sie aufgebracht.

»Beruhige dich. Ich habe das meinen Eltern längst klargemacht.«

»Aha ... Gut ... Und sonst so?«

»Unerfreulich und langweilig ... Nervige Gespräche über meine Zukunft. Alles in allem ein vergeudetes Wochenende.«

»Tut mir leid für dich ... Sehen wir uns heute?«

»Eher nicht. Ich habe einen schwierigen Fall an der Backe. Wird heute vermutlich ziemlich spät werden bis ich aus der Kanzlei komme. Wie wär's mit morgen? Morgen könnte ich mir etwas Zeit freischaufeln.«

»Och, wir haben uns jetzt vier Tage nicht gesehen, Dexter. Siehst du wirklich keine Möglichkeit, dass wir uns heute Abend noch treffen?«

»Nein, die sehe ich nicht.« Dexter klang ungewöhnlich barsch. »Ich bestelle uns für morgen Abend einen Tisch im *Rivoli* in der Salano Avenue. Ist neunzehn Uhr okay?«

»Holst du mich ab?«

»Ich habe dort in der Nähe zu tun. Wäre mir lieber, wenn wir uns direkt dort treffen könnten. Ist das ein Problem für dich?«

»Nein, nein. Ist okay. Also dann bis morgen im *Rivoli*.« Sie versuchte betont locker zu klingen, obwohl ihr ein dicker Kloß im Hals steckte.

Was war nur mit Dexter los? Gewannen seine Eltern die Deutungshoheit über sein Leben zurück? Versuchten sie, einen Keil zwischen sie beide zu treiben?

Ihr schwante nichts Gutes.

***

Dexter erwartete sie bereits. Er stand höflich auf, begrüßte sie mit einem flüchtigen Kuss auf die Wange und rückte ihr den Stuhl zurecht.

»Was magst du essen? Mein Hunger hält sich in Grenzen. Ich denke, ich begnüge mich mit etwas Antipasti.«

»Gute Idee. Das nehme ich auch.«

»Gut.« Er winkte den Ober heran, bestellte zwei Mal Antipasti. »Wein?«

Sie schüttelte den Kopf. »Ein Bitter Lemon, bitte.«

»Sie haben es gehört«, sagte er zu dem aufmerksamen jungen Mann. »Für mich einen *Chianti Classico*.« Dann wandte er sich ihr zu. »Wie war dein Tag?«

»Ganz okay. Nächste Woche steht eine schwere Klausur an. Ich muss noch viel lernen. Und bei dir?«

»Stressig. Ich frage mich mittlerweile, ob es die richtige Entscheidung war, bei meinem

Vater einzusteigen. Als Junior steht man zu sehr im Fokus, die Maßstäbe sind einfach andere.«

»Dein Vater gibt dir doch sicher ausreichend Zeit zum Einarbeiten.«

»Bist du sicher?«

»Dexter, das letzte Wochenende ... Haben deine Eltern sich sehr aufgeregt?«

»So kann man das nennen. Mutter war not amused. Und Dad hat sofort wieder Mutmaßungen über die eventuellen Auswirkungen auf meinen Lebensweg und seine Kanzlei angestellt. Sehr unerfreulich, das alles.«

»Oh je, du Armer. Es tut mir wirklich sehr leid.«

»Wird das irgendwann aufhören, Helen, oder verfolgt uns das bis an unser Lebensende?«

»Ich weiß es nicht, Dexter«, sagte sie geknickt.

Das Essen und die Getränke wurden serviert.

»Lass uns jetzt in Ruhe essen«, meinte Dexter und nahm einen kräftigen Schluck von dem glutroten Wein.

Als der Tisch abgeräumt war, lehnte Dexter sich zurück und sah sie an.

»Du sollest mehr auf dein Äußeres achten, Schatz.« Er griff nach seinem Glas, leerte es in einem Zug und bestellte mit einem energischen Fingerzeig ein weiteres.

Sie war perplex. »Ich soll was?«

Er sah sie spöttisch an. »Dieses achtlose Hochstecken deiner Haare ist nicht gerade vorteilhaft ... Irgendwie langweilig.« Er griff nach der Spange und löste sie.

Ihre Haare fielen herab. Peinlich berührt versuchte sie ihrer Frisur Struktur zu geben.

»Was soll das, Dexter? Du hast dich doch noch nie daran gestört ... Gib her.« Sie nahm ihm die Spange aus der Hand und ließ sie in ihrer Handtasche verschwinden.

Er hob sein Glas und prostete ihr zu. »Cheers.«

»Dexter, bitte ... trink nicht so viel ...«

»Sei still«, herrschte er sie an. »Mir reicht es vollkommen, wenn meine Mutter mich ständig zurechtweist.«

Helen sah ihn betroffen an. Wie redete er mit ihr?

Sie rückte von ihm ab, er schob sein Weinglas von sich und dann schwiegen sie beide betreten.

»Entschuldige, Schatz, ich ...«

»Dexter, du würdest mir doch sagen, wenn sich an unseren Plänen etwas geändert hätte, oder?«

Er sah sie sekundenlang schweigend an, dann zwang er sich zu einem Lächeln. »Natürlich würde ich das tun, Liebes.«

Warum beruhigte sie das nicht? Warum steigerte es stattdessen ihr Unbehagen? Sie wollte, dass alles wieder so war wie vor diesem verflixten Wochenende. Sie gehörten doch zusammen. Er hatte sie schließlich vor einem halben Jahr gebeten, seine Frau zu werden.

»Lass uns gehen, Dexter. Ich sehne mich so nach dir«, raunte sie ihm zu und nahm seine Hand.

»Ich bringe dich selbstverständlich nach Hause, aber dann muss ich noch mal ins Büro.«

»Du bleibst nicht über Nacht?«

»Ich habe noch eine Besprechung mit meinem Dad. Komplizierter Fall.«

»Schade. Ich habe mich so gefreut.«

»Ich mich doch auch.« Er strich ihr kurz über die Wange. »Bitte, versteh doch …«

»Das tu ich, Dexter, das tu ich.« Sie stand auf, griff nach ihrer Tasche. »Danke für die Einladung. Ich nehme ein Taxi. Grüß deinen Dad von mir.«

Dexter sah ihr verblüfft hinterher. Dann verlangte er erleichtert die Rechnung und warf einen kurzen Blick auf seine *Breitling*, ein Geschenk seiner Mutter. Zeit für seine Verabredung.

Während Helen sich in den Schlaf weinte, verlor sich Dexter Malone mit einem tiefen Seufzer in Lizzie Thompson.

Das schlechte Gewissen gegenüber seiner Noch-Braut verdrängte er gekonnt.

Als seine Mutter mit den Thompsons und Lizzie im Schlepptau auf der Terrasse aufgetaucht war, hatte er kühl, ja geradezu unhöflich auf deren Begrüßung reagiert. Und er war wütend auf seine Mutter gewesen, weil die allem Anschein nach noch immer versuchte, sein Leben nach ihren Wünschen und Vorstellungen zu beeinflussen. Doch irgendwann während des ausgedehnten Brunchs, hatte er sich nur noch gefragt, was Lizzie wohl unter ihrem hautengen mintfarbenen Kleid trägt.

Er konnte den Blick nicht von ihr wenden. Sie hatte sich zum Positiven verändert. Neue schicke Frisur, schlank und sportlich, mit einer gesunden Bräune. Nur ihr zurückhaltendes Getue, dem er noch nie so recht getraut hatte, war von der »alten« Lizzie übriggeblieben.

Als sie mit ihrem nackten Fuß unverhofft unter sein Hosenbein gefahren war und dabei unschuldig lächelnd an ihrem Orangensaft genippt hat, hatte sein Körper mit einer Erregtheit auf ihre Berührung reagiert, die er so schon lange nicht mehr verspürt hatte. Mit viel Mühe versuchte er Haltung zu bewahren. Ihr hintergründiger Blick verwirrte ihn vollends. Er fragte sich, welches Spiel da gespielt wurde.

Ihm war keine Zeit geblieben, nach einer logischen Antwort zu suchen. Seine Verwirrung war perfekt, als Lizzie ihn zu einem Rundgang durch den Garten aufforderte. Seit wann, zum Teufel, interessiert sie sich für Gartengewächse?, fragte er sich verwundert und kam der seltsamen Aufforderung nach.

Kaum den Blicken ihrer beiden Eltern entschwunden, hatte sie an seinem Ohrläppchen geknabbert und geraunt: »Alles in Ordnung, Dexter?«

Danach war es mit seiner Beherrschung endgültig vorbei gewesen. Er hatte sie in eine schattige Ecke gezogen und war dort endlich der Frage nach ihrer Unterwäsche nach- gegangen. Und zu seiner Freude war dort außer einem winzigen Stück Stoff am Ende dieser langen, schlanken Beine nichts gewesen.

Seitdem konnte er an nichts anderes mehr denken. Auf alles, was ihn davon abhielt, immer wieder diesen atemberaubenden Körper zu erforschen, reagierte er äußerst ungehalten.

Zuletzt hatte das Helen zu spüren bekommen.

Kurz kam Bedauern bei ihm auf. Als er sie kennenlernte, hatte ihn besonders ihre ungekünstelte, erfrischende Art gereizt. Sie war so ganz anders als die Frauen mit denen er sich vor ihr abgegeben hatte. Doch seit Lizzie ihn mit ihrer Leidenschaft und ihrem nicht enden wollenden Verlangen verwöhnte, kam sie ihm schlichtweg reizlos vor.

Hatte seine Mutter etwa doch den richtigen Riecher gehabt, was seine Vorlieben betraf?

***

Zwei Tage später erlebte Helen die nächste Überraschung á la Malone.

Auf dem Weg zur Uni fielen ihr bei etlichen Gazetten Schlagzeilen und Bilder ins Auge, die sie bis vor Kurzem nicht für möglich gehalten hätte: *Kommt jetzt zusammen, was augenscheinlich zusammengehört?*

Sie griff sich eines der knalligen Hefte und starrte auf die Bildunterschriften. *Dexter Malone, dem eine große politische Karriere prophezeit wird, und Lizzie Thompson bei einem gemeinsamen Wochenende in Carmel-by-the-Sea und einem verschwiegenen tête-à-tête im Starlight Room in der Powell Street.*

Sie wurde von einer kaum zu ertragenden Übelkeit gepackt.

»Junge Dame, möchten Sie das Blatt nun kaufen oder nicht?«, fragte der Verkäufer barsch.

Sie drückte ihm Geld in die Hand, presste die Zeitung fest an ihr pochendes Herz und lief wie betäubt weiter.

***

Zufrieden mit dem Ergebnis faltete Mildred Malone die Blätter zusammen, die sonst nicht zu ihrer Lektüre zählten. Aber in diesem Fall hatte sie eine Ausnahme gemacht.

Alles lief nach Plan. Helen Hudson war ein aufgewecktes Mädchen. Sie würde den Wink verstehen. Und dann wären die leidigen Probleme um Matthew Hudsons windige Geschäfte endgültig nicht mehr die der Familie Malone.

Sie griff zum Telefon und wählte eine Nummer in San Francisco. »Bleiben Sie noch zwei Wochen an der Sache dran. Dann dürfte die Angelegenheit erledigt sein«, sagte sie bestimmt und beendete das Gespräch.

Und jetzt würde sie sich mit Celia Thompson treffen. Es gab sicher einiges zu besprechen.

7

In den letzten Tagen hatte Paul verbissen um jedes Wort, jeden Satz gerungen. Er hatte das Haus nicht verlassen und auf seine obligatorischen Strandläufe verzichtet.

Wie im Fieber waren seine Finger oft bis spät in die Nacht über die Tastatur seines Laptops geglitten. Zu seiner Überraschung war ihm der Versuch, die Erinnerungen aus seinem Kopf zu verbannen, zeitweise gelungen. Er hatte tatsächlich oft mehrere Stunden am Stück nicht an Linda Sinclair und seine Gefühle für sie gedacht. Im Gegenteil. Er ging immer mehr in der neuen Story auf.

Es war eine kluge Entscheidung gewesen, den Schauplatz weit weg ins ferne Irland zu verlegen. Seine Recherchen über mystische Riten, die raue Landschaft und die liebenswerten Bewohner fesselten ihn.

Inzwischen hatte er einen schlüssigen Plot, ein Exposé und einige Kapitel vorzuweisen. Er war gespannt, wie der Stoff bei seinem Agenten ankommen würde. Spätestens morgen bekäme er eine Antwort auf seine Fragen.

Er verließ das Haus mit kleinem Gepäck. Er hatte nicht vor, länger als unbedingt nötig zu bleiben. Auf dem kurzen Stück zu seinem Auto, kam ihm Gordon Cooper entgegen.

»Everton, wo haben Sie die ganze Zeit gesteckt? Keine Lust mehr auf Körperertüchtigung?«

»Ich habe gearbeitet. Haben Sie mich etwa vermisst?«

»Kann man so sagen«, brummelte Gordon Cooper. »Sie haben also gearbeitet. Das ist eine gute Nachricht. Kommen Sie voran?«

»Erstaunlich gut. Bin auf dem Weg nach San Francisco.« Er hob den dicken Umschlag hoch. »Werde eins, zwei Tage dortbleiben. Sie müssen sich also keine Sorgen um mich machen ... Ich komme wieder. Versprochen. Jetzt muss ich aber los.«

»Gute Fahrt. Bis bald, Paul.« Gordon Cooper nickte zufrieden und machte die Ausfahrt zum Strandweg frei.

***

Er schreibt wieder. Gordon war zufrieden. Das war genau die Nachricht, die er erhofft hat. Jeden Tag hatte er mit einem mulmigen Gefühl von seiner Veranda aus den Strand beobachtet und gehofft, Paul Everton zu sehen. Doch der Strand war leer geblieben.

Heute hatte er gleich beim Aufwachen beschlossen, der Sache auf den Grund zu gehen. Er musste sich Klarheit darüber verschaffen, was es mit Pauls Unsichtbarkeit auf sich hatte. Und der Abstecher zu dessen Strandhaus hatte sich gelohnt. Endlich konnte er sich wieder entspannt seinem Hobby widmen. Die Football League war spannend wie selten.

***

»Gratuliere, Paul. Was Sie mir da gebracht haben, kann sich sehen lassen. Ich denke, ich kann mir schon mal Gedanken über eine Lesetour im nächsten Jahr machen.«

»Lassen Sie Ihre Witze, Clark. Erstens gibt es mit dem Verlag noch keine Vereinbarung über einen Erscheinungstermin, zweitens werde ich nicht wieder eine derartige Tour absolvieren. Sie sind mir ein Gräuel.«

»Dafür haben Sie es diesmal aber lange ausgehalten ... Lief doch erstaunlich gut.«

»Sie waren schon immer ein unsensibler Knochen, Clark. Sie wissen doch ganz genau, dass ich nicht freiwillig quer durchs Land gereist bin.«

»Sorry, Paul, ich wollte nicht an alten Wunden rühren. Sie scheinen es überwunden zu haben ... wenn ich mir das hier so ansehe.«

»Ich bin auf dem Weg, aber noch nicht am Ziel.«

»Hm. Gut. Dann wünsche ich Ihnen viel Durchhaltevermögen bei Ihrem Unterfangen

... In jeder Hinsicht. Sobald ich mit dem Verlag einen ordentlichen Vertrag ausgehandelt habe, melde ich mich bei Ihnen. Haben Sie Fragen? Gibt es besondere Dinge, die ich für Sie regeln soll?«

»Fragen keine. Ausschließen möchte ich eine weitere, wochenlange Lesetour.«

»Nun gut. Sie wissen ja was ich von diesem merkwürdigen Ansinnen halte. Nämlich nichts. Keine Ahnung, ob ich dem Verlag diesen seltsam anmutenden Wunsch schmackhaft machen kann. Ich werden mir Mühe geben.« Er reichte ihm die Hand. »Kommen Sie gut nach Hause, Paul. Es freut mich wirklich sehr, dass Sie wieder kreativ sind.«

»Mich freut es auch, Clark. Auf Wiedersehen. Und danke für Ihre positive Einschätzung.«

Zufrieden über den erfreulichen Verlauf seines Gesprächs mit seinem Agenten machte er sich auf die Rückfahrt. Er war froh, die quirlige Stadt wieder verlassen zu können. Und zu seiner Erleichterung lag San Francisco bald hinter ihm.

Obwohl es ihn mit Macht zurück in das geruhsame Blue Bay und seine vier Wände zog, wählte er für die Heimfahrt nicht den bequemeren Weg durchs Landesinnere, sondern die malerische Küstenstraße durch Big Sur.

Bevor er um die Mittagszeit die *Bixby Creek Bridge* überquerte, fuhr er auf einen der Parkplätze, die die Strecke säumten. Einen Blick auf die grandiose Aussicht wollte er nicht versäumen und zudem würde ihm ein wenig frische Luft guttun. Er war müde. Letzte Nacht hatte er schlecht geschlafen. Vielleicht hatte ihm das Dröhnen des Pazifiks gefehlt.

Er hielt neben einem roten Kleinwagen und stieg aus; verwundert darüber, dass keine Menschenseele zu sehen war. Vielleicht hat das Auto hier seinen Geist aufgegeben und der Fahrer hatte eine Mitfahrgelegenheit erwischt. Er dachte nicht weiter darüber nach und schaute stattdessen beeindruckt auf die vor ihm liegende Kulisse. Der Ausblick faszinierte ihn immer wieder aufs Neue. So viel Wildheit, so viel Kraft. In manchen Dingen wünschte er sich das für sich selbst auch.

Er atmete noch einmal tief die frische Luft ein, dann lenkte er seinen *Alfa Romeo Spider* zurück auf die Straße.

Nachdem er die legendäre Brücke passiert hatte, kam ihm wieder das verlassene Fahrzeug in den Sinn. Hätte er sich nicht nach dem Besitzer umsehen müssen? Was, wenn da jemand Hilfe brauchte?

Beunruhigt steuerte er die nächste Wendemöglichkeit an und fuhr zurück an die Stelle, die er vor wenigen Minuten hinter sich gelassen hatte.

Das Auto stand noch immer an seinem Platz. Angespannt sah er sich um. Und dann fiel ihm die zarte Gestalt am Klippenrand auf.

Was tat diese Frau dort oben? Das war gefährlich.

Vorsichtig näherte er sich ihr. Er durfte sie auf keinen Fall erschrecken. Ein unbedachter Schritt und sie würde in die Tiefe stürzen.

Wollte sie etwa genau das tun? Stand sie dort, um sich in die Tiefe zu stürzen ... um sich vom Pazifik verschlingen zu lassen?

Er wurde wütend. Wenn jemand einen Grund hatte auf dieser Klippe zu stehen, dann doch er. Doch er kämpfte stattdessen jeden Tag verbissen gegen die miesen Gefühle an und versuchte so, sein Leben wieder in die richtigen Bahnen zu lenken.

»Hallo, Sie, das ist gefährlich ... Kommen Sie herunter, ehe ein Unglück geschieht.«

Die Frau schüttelt heftig den Kopf.

Was sollte er tun? Sollte er es wagen zu ihr hin zu gehen? Verdammt. Warum war er nicht einfach weitergefahren. Das hatte er jetzt von seiner Fürsorglichkeit. Nun stand er hier und mischte sich in die Probleme fremder Menschen ein. Sollte sie doch springen, wenn ihr danach war.

»Kommen Sie endlich von dieser dämlichen Klippe herunter, damit ich heute noch nach Hause komme«, schrie er gegen das Tosen der Brandung an.

Die junge Frau reagierte nicht auf seinen Wutausbruch.

Widerwillig kletterte er die restlichen ausgetretenen Stufen hinauf, bis er endlich neben ihr stand. Ihr trostloser Zustand dämpfte seinen Zorn ein wenig. Sie war in Tränen aufgelöst und zitterte am ganzen Leib.

»Nichts und niemand ist es wert das Leben einfach so wegzuwerfen ... Kommen Sie.«

»Was wissen Sie schon?«, sagte sie leise und schluchzte.

»Mehr als Sie ahnen. Ich hätte auch jeden Grund hier zu stehen. Aber ...« Er schwieg. Was ging diese Verrückte sein Seelenleben an?

Er packte sie fest am Arm, ignorierte ihre Gegenwehr und führte sie hinab zum Parkplatz; auf sicheres Terrain.

»Soll ich Sie irgendwo hinbringen?«

Die Frau schüttelte den Kopf.

»Aber ich kann Sie doch nicht in diesem Zustand hier zurücklassen?«

»Wären Sie einfach Ihres Weges gefahren, müssten Sie sich jetzt nicht mit dieser Frage herumschlagen.«

Ihm lag eine bissige Antwort auf der Zunge. Doch dann wurde ihm bewusst, dass sie wohl aus Verlegenheit solch sarkastischen Worte wählte. Er konnte das gut nachempfinden. Er selbst hatte sich schon unzählige Male genauso verhalten ... und damit Menschen, die es gut mit ihm meinten, verletzt.

»Hören Sie, ich kann verstehen, dass die Situation nicht sehr erfreulich ...«

»Erfreulich ...« Sie lachte in einem Tonfall, der eher an verzweifeltes Schluchzen erinnerte.

»... für Sie ist«, fuhr er unbeirrt fort, »aber es gibt keinen Grund sich für irgendetwas zu schämen. Egal wer oder was Schuld ist an Ihrem Desaster ... der Schmerz wird weniger und irgendwann ist er dann hoffentlich vorbei.«

»Was sind Sie? Ein Seelenklempner oder gar ein Wunderheiler? Mein Schmerz wird nie vergehen ... nie mehr.« Sie starrte an ihm vorbei Richtung Ozean.

»Doch, das wird er. Glauben Sie mir ... Versprechen Sie mir, dass Sie jetzt in Ihr Auto steigen und nach Hause fahren ... dass ich mir keine Sorgen mehr um Sie machen muss ... Versprechen Sie mir das, bitte.«

Zum ersten Mal sah Helen Hudson ihren hartnäckigen Retter aufmerksam an. Es war ein schöner Mann, der da mit fragendem Blick vor ihr stand. Etwas älter als sie. Die dunkelblonden Haare fast so kurz wie sein hipper 3-Tage-Bart. Mit seiner schlanken, sportlichen Figur überragte er sie um mehr als eine Haupteslänge. Er kam ihr bekannt vor, aber es fiel ihr nicht ein, wo sie ihn schon einmal gesehen haben könnte.

»Ich verspreche es. Sie können beruhigt weiterfahren. Ich komme allein zurecht.«

»Sind Sie sicher?« Er sah sie zweifelnd an.

Sie nickte. »Ja. Ich bin mir sicher. Kommen Sie auch gut nach Hause. Danke.« Sie reichte ihm ihre eiskalte, noch immer zitternde Hand. Dann drehte sie sich um, ging zu ihrem Auto und stieg ein.

Er wartete bis sie davongefahren war, dann machte auch er sich wieder auf den Weg ... In die entgegengesetzte Richtung ... Nach Blue Bay.

***

Während der Fahrt ging ihm der Vorfall nicht mehr aus dem Kopf.

Konnte er den Worten dieser verzweifelten Frau Glauben schenken? War sie jetzt wirklich auf dem Weg nach Hause oder hielt sie einige Meilen nördlich wieder an, um ihr Vorhaben doch noch in die Tat umzusetzen?

Was hat sie nur derart aus der Fassung gebracht? Wahrscheinlich Liebeskummer. Er verzog den Mund zu einem spöttischen Lächeln. Warum schwärmte die ganze Welt von diesem großartigen Gefühl *Liebe*, wenn sie doch gleichzeitig so viel Leid im Gepäck hatte, dass Menschen an ihrem Leben verzweifelten ... gar in Erwägung zogen, es zu beenden ... wie diese bedauernswerte Frau?

Wäre er nicht selbst vor wenigen Wochen in einem dieser Glückstaumel gewesen, und hätte er nicht einen tiefen Sturz aus Wolkenkuckucksheim hinter sich, wäre seine Reaktion weniger verständnisvoll gewesen. Aber so ... Er wusste genau, was in ihr vorging.

Auch er hatte nach seiner Rückkehr an einem Klippenrand gestanden ... Am Leuchtturm. Und dort hatte er sich gefragt, was wohl wäre, wenn er einfach einen kleinen Schritt nach vorn machen würde?

Gedanken an den Kummer und das Leid, das er damit vielen Menschen, die ihn liebten und schätzten, bereiten würde, hatten ihn von diesem Irrsinn abgehalten. Nach einem Moment der Besinnung, war er erschrocken über sich selbst auf dem schnellsten Weg nach Hause gelaufen.

Selbst später, als er mit einem Glas Rotwein auf seiner Couch saß, hatte ihn das Entsetzen über solche Gedanken noch immer fest im Griff gehabt.

Seitdem war er nicht mehr am Leuchtturm gewesen. Stattdessen hatte er sich hingesetzt und geschrieben und so seine Wunden Tag für Tag ein Stück weit geheilt.

Und er hatte den Entschluss gefasst, dass die Liebe mit ihren mitunter verheerenden Folgen sobald keinen Zugang mehr zu seinem Herzen bekommen sollte.

In den nächsten Tagen verfolgte er aufmerksam die Nachrichten aus der Region.

Zu seiner Erleichterung gab es keine Meldung über einen tödlichen Unfall an der Steilküste von Big Sur.

Nur mit Mühe lenkte Helen ihr Auto über die schmale, kurvenreiche Straße Richtung Berkeley. Sie hatte das Gefühl, in einem engen, nicht enden wollenden Tunnel gefangen zu sein.

Und als sie schließlich Carmel-by-the-Sea passierte, war ihr, als würde ihr Herz in lauter kleine Stücke zerspringen ... vor Schmerz ... aber auch vor Wut.

Heilfroh, diese erbärmliche Episode unbeschadet überstanden zu haben, parkte sie nach Stunden ihr Auto am Straßenrand und ging müden Schrittes hinauf in ihr kleines Apartment.

Alles was sie so liebte, die bunten Kissen auf dem Sofa, ihre Pflanzen auf der Fensterbank, die Fotocollage aus lustigen Schnappschüssen, das Glas mit der Muschelsammlung, ihre Bücher ... Für all das hatte sie keinen Blick. Im Gegenteil. Ihr gemütliches Apartment kam ihr heute trostlos vor.

Sie fror erbärmlich, hatte Mühe, ihre von der Gischt feucht gewordene Kleidung auszuziehen. Stück für Stück ließ sie auf den Boden fallen. Ohne sich weiter darum zu kümmern, stieg sie über die verstreut liegenden Sachen und wickelte sich erschöpft in ihre Bettdecke ein.

Sie war so müde. Doch kein gnädiger Schlaf erlöste sie von den vielen Fragen und Überlegungen, die in ihrem Kopf für Chaos sorgten.

Wie hatte Dexter ihr das nur antun können? Hatte sie ihn die ganze Zeit in einem falschen Licht gesehen und Cathy stattdessen mit ihren Bedenken recht gehabt?

Aber sie waren doch so glücklich. Hatte sie sich auch das nur eingebildet? Waren seine scherzhaften Bemerkungen über ihre Familie gar nicht scherzhaft gemeint gewesen?

Warum hatte er es nicht einfach bei einer Affäre belassen und sie stattdessen gebeten, seine Frau zu werden?

Sie zog Dexters Ring vom Finger, sah ihn noch einmal kurz an, dann ließ sie ihn in der Schublade des Nachttischs verschwinden.

Das war's jetzt also. Vorbei der Traum von einer baldigen Hochzeit, einem Baby, der schönen Penthouse-Wohnung, die sie vor Kurzem gemeinsam besichtigt haben.

Gleich morgen würde sie die Einrichtungspläne in den Papierkorb werfen. Sinn und Zweck dieser Zeichnungen hatten sich in Luft aufgelöst.

Das Display ihres Smartphones leuchtet kurz auf. Zögernd griff sie danach. Dexter hatte ihr geschrieben: Helen, *wir müssen uns sehen. Wann hättest du Zeit?*

Wollte er ihrer Beziehung bei diesem Treffen den letzten Dolchstoß verpassen? Nicht nötig. Es gab nichts mehr zu tun ... Es war schon alles tot ... Ihre Beziehung, ihre Gefühle ... Sein Verrat hatte verbrannte Erde hinterlassen.

Ihr blieb nur die vage Hoffnung, dass der fremde Mann die Wahrheit gesagt hat ... Dass der Schmerz vergeht ... Irgendwann.

Sie nahm ihren ganzen Mut zusammen und tippte: *Zeit für dich? Nie mehr, Dexter Malone. Den Ring schicke ich dir mit der Post zurück.*

Es dauerte eine Weile ehe Dexter antwortete: *Es tut mir leid, dass du es auf diese unerfreuliche Weise erfahren musstest.*

Sie starrte auf die wenigen Worte. Das war alles? »Unerfreuliche Weise ...? Du verdammter Mistkerl hast mir das Herz gebrochen«, schrie sie vollkommen außer sich.

Sie hatte Mühe sich zu beruhigen. Welch miese Art ihr zu sagen, dass in seinem Leben kein Platz mehr für sie war. Sollte sie ihm schreiben, was sie von seiner Untreue, seiner Feigheit hielt? Wozu? Stattdessen antwortete sie: *Ich möchte dich weder sehen, noch sprechen, noch jemals wieder eine Nachricht von dir erhalten. Ich lösche jetzt deine*

Kontaktdaten und erwarte das Gleiche von dir.

***

Auch Cathy las auf dem Heimweg von der Uni erschrocken die knalligen Schlagzeilen. Doch sie verspürte keine Genugtuung darüber, dass sie mit ihrer Meinung über Dexter Malone wohl richtig gelegen hatte. Wie musste sich Helen jetzt fühlen? Die angeblichen Probleme seiner Familie. Alles Lügen. Stattdessen hatte sich der charakterlose Kerl dort mit einer anderen Frau getroffen. Und offensichtlich nicht mit einem neugierigen Paparazzo gerechnet.

Sie fuhr auf dem schnellsten Weg zu Helens Apartment und klingelte dort immer wieder lang und anhaltend. Vergebens. Dann fiel ihr auf, dass Helens Auto nicht auf seinem Platz stand.

Auch zwei Tage später versuchte sie immer wieder beunruhigt ihre Schwester zu erreichen. Doch die ging weder an ihr Handy, noch öffnete sie ihr die Tür.

Wo war sie bloß? Einfach verschwinden war so gar nicht deren Art. Im Gegenteil. Im Gegensatz zu ihr scheute Helen keine Konfrontation und stellte sich den Problemen. Wie oft hatte sie sich schon über deren klare, offene Worte geärgert. Und jetzt machte sich diese taffe Schwester einfach unsichtbar.

Dexter Malone, wenn meine Schwester wegen dir eine Dummheit begeht, wirst du deines Lebens nicht mehr froh; das verspreche ich dir, dachte sie erbost.

Sie kam nur schwer gegen ihre Angst an. Überlege, spornte sie sich an. Welche Möglichkeiten würde Helen nutzen? Viele Freundschaften hatte sie hier in Berkeley nicht gepflegt, wurde ihr bewusst. Seit dieser Dexter sich in das Leben ihrer Schwester gedrängt hat, war selbst sie zu kurz gekommen. Sie hatte den arroganten Typen noch nie leiden können. Warum war Helen nur so blind gewesen?

Vielleicht ist sie zu Mom gefahren? Einen Moment atmete sie erleichtert auf. Dann fiel ihr ein, dass sie das ja demnächst gemeinsam hatten tun wollen. Aber dachte man in einer derartigen Ausnahmesituation an irgendwelche Vereinbarungen?

Wie ein roter Faden zieht sich die Wahl falscher Männer durch das Leben von uns Hudson-Frauen, ging ihr durch den Kopf. Mom, ich und jetzt eben auch Helen.

Ob Moms Liebe zu Norman Bishop die Wende brachte und diesem Fluch ein Ende bereitete?

Sie musste ihre Mutter anrufen. Die Sorge um Helen ließ ihr keine andere Wahl. Für

Peinlichkeit und die heftige Scham, die sie noch immer verspürte, war jetzt kein Raum.

Und war es nicht tatsächlich an der Zeit, den Riss zwischen ihnen beiden endlich zu kitten? Helen hatte recht. Ihre Mutter war immer für sie da. Immer. Und sie? Sie hatte sich aufgeführt wie ein trotziges Kind, dessen Wunsch nicht erfüllt wird. Wie sehr musste sie ihre Mutter gekränkt haben ... und auch Norman Bishop.

Sie hatte sich tatsächlich eingebildet, dieser gestandene Mann könnte Interesse an ihr haben. Dabei hatte er niemals auch nur den geringsten Anlass zu einer solchen Vermutung geliefert. Nein, sie hatte sich in dieser Schwärmerei eingerichtet, bis die Traumblase mit lautem Getöse zerplatzt war. Bis sie nicht mehr länger ignorieren konnte, dass Norman Bishop nur Augen für ihre Mutter hat; sie liebt.

Zu allem Überfluss hatte sie ihrer Mutter das Glück geneidet, ihr eine hässliche Szene gemacht, sie herabgewürdigt.

Sie gab sich einen Ruck. Das musste wieder in Ordnung kommen. Ihre Mutter hatte das nicht verdient.

»Mom, hier ist Cathy.«

»Cathy, mein Liebling«, hörte sie ihre Mutter ausrufen. »Ich bin ja so froh, dass du dich endlich meldest. Wie geht es dir, meine Kleine?«

»Mom, ist Helen bei dir?«

»Helen? Nein. Wieso fragst du nach Helen?«

»Mom, ich ...«

»Cathy, bitte sag mir endlich, warum du nach Helen fragst. Habt ihr euch gestritten?«

»Nein, wir haben uns nicht gestritten. Ich glaube, Dexter hat sich von ihr getrennt.«

»Dexter? Wie kommst du darauf?«

»Na ja, es gab da diese hässlichen Klatschgeschichten über ihn und eine andere Frau ... mit eindeutigen Fotos ... Und seitdem ist Helen wie vom Erdboden verschwunden ... Ich kann sie nicht erreichen ... Sie öffnet mir auch nicht die Tür.«

»Ich begreife das nicht. Dexter und eine andere Frau? Vor ein paar Wochen hat Helen mir freudestrahlend von einer gemeinsamen Wohnung erzählt. Und jetzt ...«

»Mom, ich habe so gehofft, dass sie bei euch ist. Was soll ich denn jetzt tun?«

»Wir kommen nach Berkeley. Sobald Norman hier ist, fahren wir los. Beruhige dich jetzt, mein Schatz. Vielleicht taucht Helen ja in der Zwischenzeit wieder auf.«

»Ihr wollt herkommen? Aber ich ... Norman ...«

»Mach dir keine Sorgen, Cathy. Es ist alles gut. Bis bald.«

***

Voller Ungeduld wartete Selma auf Norman. Es fiel ihr schwer still zu sitzen. Und so lief sie hektisch hin und her.

Helen war verschwunden, weil Dexter mit einer anderen Frau ... So ein erbärmlicher Kerl. Sie wusste genau wie ihre Tochter sich fühlen musste. Zu oft hatte sie selbst eine derartige Situation meistern müssen. Sie hatte Halt bei ihren Kindern gefunden, Helen war allein mit ihrem Leid. Sie musste schnellstens zu ihr.

»Hallo, Liebling, das Wetter ist prächtig, warum joggst du durch die Wohnung?« Norman kam lächelnd auf sie zu und nahm sie in den Arm.

»Norman, gut, dass du da bist. Wir müssen sofort nach Berkeley fahren. Cathy hat angerufen.«

»Cathy? Na, so etwas«. Er sah sie erstaunt an. »Ist etwas nicht in Ordnung? Du bist ja ganz aufgelöst.«

»Helen ist verschwunden.«

»Helen? Das passt doch gar nicht zu ihr.«

»Offenbar hat Dexter eine Affäre mit einer anderen Frau. Cathy vermutet, dass er sich von Helen getrennt hat.«

»Getrennt? ... Seid ihr sicher?«

»Es gab da vor ein paar Tagen offenbar hässliche Geschichten und eindeutige Fotos in einschlägigen Blättern. Und seitdem kann Cathy Helen nicht erreichen. Ich muss zu meinen Mädchen. Heute noch.«

»Das ist ja ein Ding«, murmelte Norman. »Ich mache mich kurz frisch, dann können wir los. Pack du uns inzwischen ein paar

Sachen ein ... Vielleicht müssen wir ein paar Tage bleiben.«

***

Weit entfernt hörte Helen wie jemand heftig an ihre Tür klopfte.

»Cathy, lass mich ... bitte. Ich kann nicht mit dir reden und mir auch nicht deine Vorwürfe anhören. Ich bin so müde ... Bitte, lass mich doch schlafen«, murmelte sie erschöpft.

Das Klopfen nahm kein Ende.

»Helen, bist du zu Hause?«

Mit einem Mal war sie hellwach. Mom! Sie warf die Decke von sich, sprang aus dem Bett und rannte zur Tür.

»Mom ... Mom, du bist gekommen.« Laut schluchzend flüchtete sie in die Arme ihrer Mutter. Es tat so gut, sie zu sehen, sie zu spüren.

Selma drückte ihre Tochter fest an sich. »Ich bin so froh dich zu sehen, mein Liebling. Komm, lass uns hineingehen. Schau, Norman und Cathy sind auch da.«

Helen schaute hoch und versuchte vergeblich zu lächeln. Sie sah erbärmlich aus und Cathys Wut auf Dexter Malone wuchs.

»Hallo, Schwester, gräm dich doch nicht so ... wegen diesem kleinen Miststück.«

»Cathy, bitte ... mäßige dich. Es hilft deiner Schwester wohl kaum, wenn du auch noch Öl ins Feuer gießt.«

»Sorry, Mom, aber schließlich habe ich die ganze Angst, die ich seit Tagen mit mir rumschleppe, ausschließlich diesem Idioten zu verdanken.«

»Ich kann deinen Zorn verstehen. Mir ... uns allen ... geht es nicht viel anders. Aber zuerst müssen wir dafür sorgen, dass es Helen wieder besser geht. Der Rest gibt sich.«

»Okay«, sagte Norman ruhig, »wie geht es jetzt weiter?«

»Wenn du noch dazu in der Lage bist, packen wir ein paar Sachen zusammen und fahren zurück nach Blue Bay. Es ist nicht gut, Helen in diesem Zustand hier zu lassen.«

Norman nickte zustimmend.

»Kann ich auch mitkommen, Mom?«, fragte Cathy leise.

»Aber natürlich, mein Schatz.« Selma drückte sie an sich.

Cathy fiel ein Stein vom Herzen. Ihre Mutter schien ihr vergeben zu haben. Und Norman Bishop?

»Norman, ich ...«

»Ich bin froh, dass du dich endlich gemeldet hast. Auch wenn der Grund ein unerfreulicher Anlass ist.«

»Du bist nicht sauer auf mich?«

»Ich war nie sauer auf dich, Cathy.«

»Ich habe mich so danebenbenommen. All die dummen Vorwürfe, die ich euch gemacht habe. Entschuldigt bitte.«

»Vergeben und vergessen. Wir müssen doch zusammenhalten ... als Familie und sowieso«, sagte Selma.

Helens desolater Zustand dämpfte ihr Freude über Cathys Einlenken. Sie nahm sich vor, später in aller Ruhe noch einmal mit ihr darüber zu reden.

»Lasst uns packen und von hier verschwinden», sagte Cathy erleichtert.

***

»Na, Everton, ist in San Francisco alles zu Ihrem Besten gelaufen?«

»Gordon, schön Sie zu sehen. Ja, die Mühe scheint sich gelohnt zu haben.«

»Sind Sie dort einem australischen Schafscherer in die Hände gefallen? Wo ist Ihre Mähne geblieben?« Gordon Cooper grinste über das ganze Gesicht.

Paul fuhr sich verlegen über seine kurzen Haare. »Es war Zeit für eine Veränderung.«

»Aha ... Und die dünne Matte in Ihrem Gesicht ... soll die nun bleiben?«

»Mal sehen. Ich könnte mich daran gewöhnen.«

»Gibt Ihnen einen Touch von Abenteuer.«

»Ich hatte tatsächlich ein heikles Abenteuer zu bestehen.«

»Heikles Abenteuer? Erzählen Sie.«

»Musste auf der Heimfahrt nahe der *Bixby Creek Bridge* eine Verrückte davon überzeugen, dass es sich nicht lohnt wegen irgendwas von einer Klippe zu springen.«

»Teufel noch mal ... Und, ist es Ihnen gelungen?«

»Ich hoffe. Was sie eventuell getan hat nachdem ich weg war, weiß ich leider nicht mit Gewissheit zu sagen. Ich verfolge seitdem die Regionalnachrichten. Zum Glück gab's noch keinen Bericht über eine Frau, die sich in den Pazifik gestürzt hat.«

»Gut gemacht. Wissen Sie Näheres?«

Er schüttelte den Kopf. »Nein. Sie war etwas jünger als ich ... und sehr verzweifelt.«

»Auf diese großartige Tat müssen wir bei Gelegenheit mit einem Bierchen anstoßen. Lust?«

»Gute Idee.«

»Paul, was ich schon lange einmal sagen wollte. Wir beide haben schwere Tage hinter uns; müssen beide schmerzhafte Wunden lecken ... Sie noch mehr als ich ... Lass uns endlich Du sagen, Paul ... Was hältst du davon?«

»In Ordnung, Gordon. Du hast mir tatsächlich viel zugemutet. Aber ich kenne dich als aufrichtigen Mann ... Du konntest nicht anders handeln. Ich komme morgen auf ein Bier vorbei. Okay?«

»Ja, morgen. Freut mich, Paul.«

Zufrieden ging Gordon den Strandweg entlang zu seinem Haus.

Heute war er nicht betrübt, weil dort niemand auf ihn wartete. Heute hatten er und Paul Everton einen wichtigen Schritt getan. Sie hatten sich die Hand gereicht. Er und der Mann, dessen Träume er im vergangenen Sommer zerstören musste.

9

Über den Hügeln des Hinterlandes ging die Sonne auf. Ein neuer Tag machte sich auf den Weg. Was würde er bringen?

Im Hudson-Haus war es noch still. Vermutlich suchten seine Bewohner nach neuer Kraft um die Hoffnung nicht zu verlieren.

Nebenan saß Norman Bishop auf seiner Veranda und sah hinüber. Es war nun schon eine Weile her, seit er eine Nacht ohne Selma verbringen musste. Er vermisste sie.

Während er gedankenverloren seinen Hund kraulte, erinnerte er sich an einen sonnigen Morgen im vergangenen Sommer. Voller Sehnsucht hatte er hinübergesehen. Dann war sie unverhofft auf die Veranda getreten, in einen blassblauen Morgenmantel gehüllt, eine Tasse Kaffee in der Hand. Damals war er ohne Hoffnung gewesen. Er hatte Selma Hudson aus der Ferne begehrt, nicht einmal zu träumen gewagt, sie jemals in den Armen zu halten, sie zu küssen und zu lieben.

Doch dann hatte er all seinen Mut zusammengenommen und das Schicksal herausgefordert.

Sein Glück wäre perfekt gewesen, hätte Cathy damals nicht nach wirren Vorwürfen verbittert Blue Bay verlassen. Selma war untröstlich gewesen; hatte sich gefragt, ob sie das Verhältnis zu ihrer Tochter ihrer Sehnsucht nach Liebe und Geborgenheit geopfert hat.

Er selbst hatte sich lange den Vorwurf gemacht, Cathys schmachtende Blicke ignoriert zu haben. Denn erst als sie am Todesort ihres Vaters darauf beharrte, ihre Mutter habe ihr den Mann gestohlen, war ihm das ganze Ausmaß bewusst geworden.

Sein Eingeständnis, dass er schon lange ihre Mutter liebe und sein eindringlicher Appell, sich mit ihr zu versöhnen, waren auf taube Ohren gestoßen.

Es mussten viele Wochen ins Land gehen und eine Beziehung in die Brüche, ehe sie zu diesem Schritt bereit war.

Nun waren sie wieder vereint, drüben in ihrem Zuhause; Selma Hudson und ihre Töchter. Und er? Welche Rolle kam ihm zu?

Wortlos hatte er akzeptiert, dass Selma mit den beiden nach ihrer Rückkehr aus Berkeley wie selbstverständlich das Hudson-Haus angesteuert hat ... obwohl sie doch seit Wochen hier bei ihm lebte.

Er musste sich wohl damit abfinden, dass Matthew Hudsons Schatten noch immer bis zu ihm herüber reichte. Diese Gewissheit schmerzte und machte ihm klar, dass er daran dringend etwas ändern musste. Hudson war tot. Selma gehörte jetzt zu ihm.

Und wie an diesem sehnsuchtsvollen Morgen im Sommer, siegte auch heute sein Pflichtbewusstsein.

Er ging ins Haus, verschloss sorgfältig die große Tür und griff nach der gefütterten Jacke und dem wetterfesten Hut. Der Sommer war vorbei und in den Bergen der Sierra Nevada war der erste Schnee gefallen.

***

Vorsichtig löste Selma Helens Arm von ihrem Bauch, stand auf und verließ auf leisen Sohlen das Schlafzimmer. Sie wollte sich unbedingt von Norman verabschieden, ehe er in den *Inyo* aufbrach.

Sie hatte ihn letzte Nacht vermisst. Und wie so oft, hoffte sie auch diesmal auf sein Verständnis.

Hastig griff sie nach dem weichen Plaid, das noch über dem Sessel hing, wickelte es um ihren Oberkörper und verließ das Haus. Erleichtert sah sie Normans *Jeep* vor der Tür stehen. Und dann sah sie ihn.

Ein Lächeln huschte über sein Gesicht. »Liebste, du bist ja schon wach«, sagte er mit seiner sonoren Stimme und umarmte sie. »Dir muss doch kalt sein in deinem dünnen Hemd und den nackten Füßen.«

»Ich wollte dich unbedingt noch einmal küssen, ehe du in die Berge fährst.« Selma lachte glücklich.

Norman erfüllte ihr diesen Wunsch. Sein Kuss war lang und leidenschaftlich. »Ich hab dich so vermisst ... letzte Nacht«, sagte er als er sich endlich von ihr löste.

»Ich dich auch, Liebster. Wenn du zurückkommst, werde ich hier in unserem Haus auf dich warten.« Sie deutete zu seinen vier Wänden.

»Es macht mich sehr glücklich, dass du von ›unserem‹ Haus sprichst, Selma. Bist du dir sicher?«

»Aber ja doch, Norman. Ich will hier in diesem Haus mit dir leben und glücklich sein. Das haben wir doch so besprochen. Ich wollte nur gestern die Mädchen nicht allein lassen.«

»Wie geht es Helen?«

Selma zuckte mit den Schultern. »Ich weiß es nicht. Noch schläft sie. Sie hat sich die ganze Nacht an mich geklammert ... Wie ein kleines, verängstigtes Kind. Es tut mir so weh ...«

»Das Ganze hat mich ziemlich überrascht. Bei ihrem letzten Besuch war sie so glücklich gewesen, hat von dieser gemeinsamen Wohnung erzählt ... Das ist kaum einen Monat her. Was denkt sich dieser Kerl bloß dabei?«

»Vielleicht ist es gut so, wie es jetzt gekommen ist.«

»Du überraschst mich, Selma. Du findest es gut, dass deine Tochter diese schlimme Erfahrung machen musste?«

»Nein, nein, versteh mich nicht falsch. Ich finde es schrecklich. Aber ich hatte von Anfang an das Gefühl, dass seine Eltern, und besonders seine Mutter, nicht sehr glücklich über die Wahl ihres Sohnes waren. Und ich wäre nicht sonderlich überrascht, wenn Mildred Malone da etwas eingefädelt hätte.«

»Eine gewagte These. Ich hatte keine Ahnung, dass es solche Vorbehalte gab.«

»Es war noch vor deiner Zeit ... kurz nach der Verlobung. Ich bekam eine Einladung nach Carmel-by-the-Sea. Ich bin gewiss keine arme Maus, aber der Pomp, der mir dort präsentiert wurde, einschließlich einer blasierten Art, hat mich doch überrascht.«

»Von der Sorte also.«

»Ja, scheinbar. Es war meine einzige Begegnung mit den Malones. Ich habe bis heute vermieden, sie hierher einzuladen. Das wollte ich mir nicht antun. Mein Bedarf war gedeckt.«

»Zum Teufel mit ihnen.« Norman küsste Selma noch einmal ausgiebig, »Ich muss los ... Steve wartet mit dem Helikopter. Ich liebe dich.« Er machte sich von ihr los und stieg in sein Fahrzeug.

Als er langsam losfuhr, winkte Selma ihm nach, bis er nicht mehr zu sehen war. Dann ging sie zurück zu ihrem Haus, wo eine wohl noch immer verzweifelte Tochter auf sie wartete.

***

Gelangweilt schob Dexter Malone die Akte zur Seite. Er fühlte sich müde und zerschlagen. Für diesen Zustand gab es einen Namen: Lizzie.

Bei Helen hatte es nie einen derartigen Ausnahmezustand gegeben. Sex mit Helen war geprägt gewesen von Zurückhaltung; Sex mit Lizzie war Raserei. Jeder mögliche und auch unmögliche Ort seiner Wohnung hatte schon für ihre Leidenschaft herhalten müssen. Erst heute Morgen hatte er voller Bedauern die Scherben seiner geliebten *Louis-Poulsen-Lampe* zusammengekehrt.

Von wem sie das wohl hat?, fragte er sich. Und prompt erinnerte er sich an einen gemeinsamen Urlaub ihrer Familien auf Hawaii vor gut zehn Jahren. Damals hatte er kaum einen Blick für die etwas pummelige, Zahnspange tragende Lizzie verschwendet. Damals hatte er nur Augen für Celia Thompson gehabt.

Immer wenn sie gelangweilt am Pool lag, weil ihr Mann lieber mit Clifford Malone eine Partie Golf spielte als sich um seine schöne Frau zu kümmern, hatte er sie, versteckt hinter den Gläsern seiner Sonnenbrille, ins Visier genommen und sich dabei den wildesten Fantasien hingegeben.

Doch anders als Dustin Hoffman im legendären Klassiker *Die Reifeprüfung* hatte er selbst es nicht gewagt, Celia Thompson zu verführen.

Danach hat er sich jahrelang mit einem gewissen Bedauern gefragt, wie es wohl gewesen wäre. Und jetzt schlief er mit ihrer Tochter.

»Dexter, bist du zu einem Ergebnis gekommen?«, unterbrach Clifford Malone die Gedanken seines Sohnes.

»Nein ... Bin gerade mal mit der Durchsicht fertig. Gib mir noch etwas Zeit.«

»Gut. Eine Stunde. Der Mandant will schnellstens eine Einschätzung.« Mit diesen Worten schloss sein Vater die Tür von außen und er war wieder mit seinen Überlegungen allein.

Wie es Helen wohl ging? Zuweilen plagte ihn sein schlechtes Gewissen. Gleichzeitig war er erleichtert, dass sie ihm den Abgang so leicht gemacht hatte ... Ohne peinliche Szene, ohne Streitereien. Anders als die Ehefrau dieses Mandanten, dachte er geringschätzig. Wenn sie nicht aufpassten, würde ihn die Scheidung ruinieren.

Malone hatte einen guten Ruf zu verteidigen. Also zwang er sich dazu, die Akte wieder aufzuschlagen. Sein Vater duldete keine Niederlagen und er wollte nicht für die erste in der Geschichte der Kanzlei verantwortlich sein.

***

Helen saß auf der Veranda ihres Elternhauses und sah hinunter zum Strand und über den Ozean, der heute so aufgewühlt war wie sie selbst.

Es war alles so unwirklich. Hatte Dexter sie wirklich wegen einer anderen Frau verlassen? Oder hatte sie das nur geträumt?

Ein Blick zu dem ringlosen Finger gab ihr die schmerzliche Antwort. Nein, es war kein schlechter Traum, sondern bittere Wahrheit.

Wie sollte es bloß weitergehen? Sie konnte sich nicht allzu lange hier in Blue Bay von ihrer Mutter trösten lassen. Sie musste schnellstens zurück nach Berkeley. Wichtige Klausuren standen an.

Zweifelnd fragte sie sich, ob sie dazu überhaupt in der Lage war? Und ob sie nicht Gefahr lief, dort mit Dexter und der bitteren Wirklichkeit konfrontiert zu werden?

»Helen, Liebes, komm herein. Ich habe uns etwas gekocht?« Selma sah ihre Tochter mitfühlend an.

»Ich habe keinen Hunger, Mom.«

»Du musst etwas essen. Komm, Cathy wartet schon ... Bitte.«

Widerwillig stand sie auf und folgte ihrer Mutter zum Esstisch.

»Du siehst noch immer ziemlich unvorteilhaft aus, Schwesterherz«, begrüßte Cathy sie.

Helen brach in Tränen aus.

»Cathy, nimm doch bitte etwas Rücksicht. Sieh mal, was du angerichtet hast«, rügte Selma ihre Jüngste.

»Cathy hat ja recht, Mom.« Sie wischte sich die Tränen aus dem Gesicht. »An unserem letzten Abend hat Dexter gemeint, ich solle mehr aus mir machen ... Und dann hat er ... hat er ...«

»Er soll in der Hölle schmoren, dieser arrogante Sohn einer arroganten Mutter«, ereiferte sich Cathy prompt.

»Ihr beruhigt euch jetzt beide«, sagte Selma mit Nachdruck. »Lasst uns in Ruhe einen Happen essen.«

Hatte sich das Ende der Beziehung etwa schon lange vorher angedeutet und war ihre Tochter einfach zu verliebt gewesen, um die Zeichen zu erkennen, dachte Selma bestürzt. Gut, dass es vorbei ist, war ihr nächster Gedanke. Vermutlich wäre es kein erfreuliches Leben im Kreis dieser Familie geworden.

»Lasst uns nachher hinunter an den Strand gehen. Die frische Brise wird uns guttun.«

»Ich möchte gern zu Hause bleiben. Ich mag keine anderen Leute sehen und auch keine neugierigen Fragen beantworten. Geht ihr nur; ich komme zurecht.«

»Bist du sicher? Können wir dich wirklich alleine lassen?«

»Ja, Mom. Mach dir keine Sorgen.«

»Gut. Dann schaue ich in der Bücherei vorbei und statte Gordon einen kurzen Besuch ab. Cathy, kommst du?«

Cathy ging zu ihrer Schwester, umarmte und küsste sie zärtlich. »Verzeih mir mein unsensibles Geschwätz.«

»Du musst dich nicht verbiegen, Cathy. Je eher ich die Realität akzeptiere, desto schneller komme ich wieder auf die Beine. Ich hab dich trotzdem lieb«, sagte sie und versuchte ein zaghaftes Lächeln.

Als Helen allein war, ging sie wieder hinaus auf die Veranda, wickelte sich in die Decke ein. So vieles ging ihr durch den Kopf. Hatte sie ihre Beziehung in einem zu rosigen Licht gesehen? Gab es Anzeichen, die sie ignoriert hatte?

Und wie sich alle um sie sorgten. Sie konnte nicht zulassen, dass sie den Alltag ihrer Familie durcheinanderbrachte. Sie sollte sich zusammenreißen.

»Ich muss es schaffen«, flüsterte sie und brach in Tränen aus.

10

Gordon hatte das Gefühl, jeden Strauch am Wegesrand, jede Rille auf dem Highway 101 zu kennen. Seit er im Sommer nahezu wöchentlich auf dieser Straße unterwegs gewesen war, hatte sich wenig geändert. Nur die Luft war nicht mehr so flirrend warm und die vorherrschende Farbe war inzwischen Braun.

Doch wenn die Strecke unmittelbar am Pazifik entlangführte, brachte ihn der Anblick der zerklüfteten Küste und das Blau des Ozeans auch heute wieder ins Schwärmen. Über diesen Anblick würde er sich wohl bis ans Ende seiner Tage freuen können.

Zufrieden schaltete er Kanal 91,9 MHz ein. Das Lied, das sie gerade spielten, traf genau seinen Geschmack. Wohlgelaunt drückte er sich in seinen Sitz und pfiff leise vor sich hin.

Heute hatte er sich auf dem Weg nach Santa Barbara gemacht, um endlich das Versprechen, das er Norman Bishop gegeben hatte, einzulösen. Mit Nachdruck würde er Detective Griffins Aufmerksamkeit auf die in seinen Augen einzig richtige Fährte lenken: Cynthia Logan.

Damit wäre der eine Weile beschäftigt und ließe seine Freunde in Ruhe, war sein Kalkül.

Am meisten freute er sich jedoch darauf, wieder einmal seinen alten Freund und Kollegen Jack Albright zu sehen.

Seit ihrer gemeinsamen Suche nach Linda Sinclairs wahrer Identität, hatten sie sich nicht mehr gesehen. Die Stunden, als sie beide mit brennenden Augen auf den Monitor gestarrt und gehofft hatten, eine Spur zu finden, würde er wohl so schnell nicht vergessen. Und als sie schließlich auf Heather Franklin aus Baltimore gestoßen waren, hatte er mit Jack die erste stille Freude und die ersten tiefen Zweifel geteilt.

Inzwischen kam ihm das alles wie eine Ewigkeit vor. Dabei waren seit diesen dramatischen Tagen erst wenige Monate vergangen.

Alles war noch präsent. Seine Zweifel, ob es richtig sei, Träume zu zerstören, sich in das Leben anderer Menschen einzumischen. Sein Flug nach Baltimore, die Begegnung mit Jonathan Franklin, der sein Glück kaum fassen konnte.

Seine erste Begegnung mit Parker Bennett, Heathers Verlobtem. Eine Tatsache, die er ihm übelgenommen hatte. Nicht nur weil ihm schlagartig bewusst geworden war, welche Veränderungen nun anstanden, sondern auch, weil er Mitleid mit Paul Everton hatte.

Warum musste der sich auch ausgerechnet in diese Frau verlieben? Dabei hatte er ihn doch von Anfang an eindringlich davor gewarnt. Aber er hatte ja nicht auf ihn hören wollen. Und so hatte das Schicksal seinen Lauf genommen. Paul Everton verlor seine Liebe und er seine Vertraute.

»Lass die alten Geschichten endlich ruhen«, brummelte er vor sich hin. »Es ist nun mal so wie es ist. Punktum.«

**

Griffin schaute missmutig auf seinen Besucher. »Ich hätte es mir denken können. Selma Hudson und Norman Bishop schicken die Artillerie.«

»Die beiden brauchen keine Artillerie; sie sind unschuldig. Jeder weiß das, nur Sie verbeißen sich in diese falsche Spur ... Ist ja auch viel bequemer, die angeschlagene Mrs Hudson mit absurden Verdächtigungen zu drangsalieren, als sich mit richtigen Ganoven anzulegen.«

»Ho, ho, Cooper. Passen Sie auf, was Sie sagen.«

»Sparen Sie sich Ihre Drohungen, Griffin, die haben bei mir noch nie gewirkt, wie Sie noch wissen sollten ... Nennen Sie mir einen plausiblen Grund, warum Sie die beiden noch immer im Visier haben. Einen einzigen Grund und ich verschwinde auf der Stelle und lasse Sie in Ruhe.«

»Ich stecke noch mitten in den Ermittlungen.«

»Das hindert Sie aber nicht daran, fragwürdige Spekulationen an die Presse weiterzugeben. Ihre Vorgesetzten waren sicher sehr angetan von Ihrer Plauderei, hab ich recht?«

Griffin verzog keine Miene. Er hatte sich tatsächlich einen ordentlichen Rüffel eingefangen. Das ging diesen Cooper aber nun wirklich nichts an.

»Es ist meine Pflicht die Öffentlichkeit zu informieren.«

»Nein, Griffin, Ihre Pflicht ist es, sauber zu ermitteln, die Gauner zu schnappen und nicht unschuldige Leute an den öffentlichen Pranger zu stellen. Verdammt, Sie sind Polizist und kein schmieriger Presse-informant.«

»Jeder hat so seine Methoden.«

»Und Ihre waren schon immer an der Grenze der Legalität. Ich konnte das jahrelang hautnah beobachten ... Hören Sie auf damit, Griffin, sonst könnte ich mal aus dem Nähkästchen plaudern. Dann können Sie sich Ihre dämliche Beförderung endgültig abschminken.«

»Sie wollen mir ...«

»Ja, Griffin, es ist genau das, was Sie vermuten. Und Sie sollten sich diese Ansage zu Herzen nehmen.«

»Sie waren schon immer ein anmaßender Kerl, Cooper.«

»Gut. Das wäre geklärt. Nun zu meinem eigentlichen Anliegen. Ihnen sagt doch der Name ›Cynthia Logan‹ etwas, stimmt's?«

Griffin sah ihn überrascht an. »Wie kommen Sie ...«

»Hören Sie auf, mich für dumm zu verkaufen. Die Dame war im letzten Frühjahr bei Ihnen und hat Ihnen eine windige Story über Erbansprüche erzählt. Und was tun Sie? Statt erst einmal zu überdenken, ob an der Sache was dran sein könnte, wählen Sie den bequemen Weg, fahren nach Blue Bay und versuchen Mrs Hudsons Haus auf den Kopf zu stellen. Was ich ja zum Glück verhindert habe.« Gordon Cooper grinste zufrieden.

»Warum schließen Sie so vehement aus, dass es diese Ansprüche gibt, Cooper?«

»Sie sind Schall und Rauch. Und jetzt strengen Sie Ihr Köpfchen mal an, Griffin. Diese Cynthia Logan ist die einzige Person, die genau weiß wie Matthew Hudson zu Tode gekommen ist. Sie war dabei ... und hat sich, nachdem Norman Bishop ... den Sie ja zu allem Überfluss auch verdächtigen ... aufgetaucht war, mit einem Koffer voller Dollarnoten verdrückt. Klingelt da nichts bei Ihnen?«

Griffin lief rot an. »Sie ist die unbekannte Zeugin?«

»Lesen Sie keine Akten, bevor Sie losrennen und unschuldige Leute belästigen?«

Gordon lehnte sich zufrieden zurück. Dieser Hieb hatte gesessen, das konnte er deutlich an Griffins betroffener Miene ablesen. Allein wegen dieses Anblicks hatte sich der Besuch gelohnt.

Er stand auf und ging zur Tür. »Ich wünsche Ihnen viel Erfolg, Griffin. Und ich meine das durchaus ernst. Denn wenn Sie Ihre Arbeit richtig machen, können Selma Hudson und Norman Bishop endlich in Ruhe leben. Daran ist mir viel gelegen ... müssen Sie wissen.«

So, und jetzt zum angenehmen Teil der Reise. Aufgeräumt ging Gordon zwei Etagen höher zu Jack Albrights Büro.

Dessen Freude war nicht zu übersehen. »Cooper, alter Freund, schön dich wieder einmal zu sehen. Wie geht es dir?«

»Hallo, Jack. Freue mich auch. Ist schon ne Weile her ...«

»Ja ... waren aufregende Stunden, die wir zuletzt miteinander verbracht haben«. Jack Albright schmunzelte. Dann sah er Gordon ernst an. »Was ist eigentlich aus der Sache geworden? Hattest du den richtigen Riecher gehabt?«

»Ja. Es waren wirklich turbulente Tage.«

»Erzähl ...«

»Bin auf dem schnellsten Weg nach Baltimore geflogen. Dort wurde mir auf Anhieb bestätigt: Linda Sinclair ist Heather

Franklin. Hat mich nicht nur gefreut«, brummelte er.

»Hab gleich gemerkt, dass dir die Frau ans Herz gewachsen war. Wie ging's weiter?«

»Parker Bennett, ihr Verlobter, wurde sofort stutzig als er den Namen ›Linda Sinclair‹ hörte. Die Franklins besitzen eine Pferdezucht in Kentucky. Der Verwalter heißt Mark Sinclair und seine Frau ...«

»Linda ... Das ist ja ein Ding. Hatten die beiden etwas mit der Geschichte zu tun?«

»Um das zu überprüfen, habe ich mich mit Franklin und Bennett in einen Helikopter gezwängt und bin nach Kentucky geflogen ... Diese Art der Fortbewegung hätte ich gerne vermieden. Schön und gut ... Die Sinclairs waren sehr betroffen und haben den Verdacht glaubwürdig ausgeräumt.«

»Aber wieso dann dieser Name?«

»Das ist schnell erklärt, Jack. Bei einem Besuch in Las Vegas wurde ihr die Handtasche mit allen Papieren gestohlen ... Vorsatz, Zufall ...? Bin mir noch nicht ganz sicher. Ich tendiere zu ›glücklicher Zufall‹ für die Ganoven. Die Ähnlichkeit der beiden Frauen ist nicht zu übersehen.«

»Und wie hast du es Linda, ähm, Heather beigebogen?«

»War ein heikles Unterfangen. Franklin und Bennett sind mit mir nach Blue Bay geflogen. Obwohl ich den beiden eingebläut habe, dass sie Fremde für sie sind und dass wir behutsam vorgehen müssen, hat dieser

Bennett die Absprache ignoriert. Bei ihrem Anblick ist er vollkommen ausgeflippt. Ich konnte nicht verhindern, dass er auf sie zu stürmte und versuchte sie zu küssen. Und dann hat er ihrem Begleiter zu allem Überfluss einen ordentlichen Fausthieb verpasst.«

»Respekt. Eine filmreife Szene.«

»Wenn es nach mir gegangen wäre, hätte ich ihn nach dieser Aktion auf der Stelle zurück nach Baltimore geschickt. Gewichtige Fürsprecher haben das verhindert. Heather war total verstört. Sie hatte ja keine Ahnung, wer die Kerle sind.«

»Und wie hat der andere Typ auf die Attacke reagiert?«

»Zum Glück konnte ich den Herrn Schriftsteller beruhigen und dafür sorgen, dass er von einer Anzeige absieht.«

»Schriftsteller?«

»Paul Everton.«

»Ach, du dickes Ei ... Der Paul Everton?«

»Ja, genau der ... Die beiden hatten sich ineinander verliebt und jetzt kam da einer aus Baltimore und ... Es war fürchterlich für Paul.«

»Wie ist es ausgegangen?«

»Ihr Bruder hat lange Gespräche mit ihr geführt, ihr unzählige Fotos gezeigt; das hat den Erinnerungen auf die Sprünge geholfen.«

»Und Paul Everton hatte das Nachsehen.«

»So ist es, mein Freund. Kurz danach hat er Blue Bay verlassen, ist mit seinem neuen

118

Buch auf eine lange Lesetour gegangen. Kürzlich ist er zu unserer Freude zurückgekommen. Ich bezweifle, dass er den Verlust schon überwunden hat.«

»Weiß man, wer hinter der miesen Geschichte steckte?«

»Oh, ja. Auch daran konnte Heather sich schließlich erinnern. José Alvarez, ein ehemaliger Liebhaber, dem sie vor Jahren den Laufpass gegeben hatte ... und Bennetts Ex-Frau. Die Franklins haben ein Feriendomizil an der Chesapeake Bay. Dort haben die beiden Heather entführt, nach Blue Bay geschafft und dort vermutlich durch regelmäßiges Verabreichen einer wohlkalkulierten Dosis Drogen ihr Gedächtnis ausgeschaltet ... Der Kerl ist unter falschem Namen mehrmals in Blue Bay aufgetaucht und er hatte nachweislich Zugang zum Strandhaus.«

»Wurden die beiden geschnappt?«

»Alvarez hat auf der Flucht in den Bergen der Sierra Nevada sein erbärmliches Leben ausgehaucht ... Ihm kam ein Holztransporter in die Quere. Mrs Warren wird sich demnächst vor Gericht verantworten müssen.«

»Und das wiedervereinte Paar ... Gibt es ein Happy End?«

»Im kommenden Mai wird endlich die Hochzeit nachgeholt ... Dann muss ich wieder in ein Flugzeug steigen.«

Jack Albright lachte laut auf. »Da hast du dir ja was Schönes eingebrockt ... mit deinem Helfersyndrom.«

»Mach dich nur lustig über mich, Jack. Was hat mir das Ganze gebracht? Ich sitze wieder allein in meinem Haus, starre auf den Strand und hoffe, Linda Sinclair kommt um die Ecke ... Und Paul Everton kann seinen Erfolg nicht genießen, weil er noch immer Wunden leckt. Tolle Aktion. Wirklich«, sagte Gordon mit ironischem Unterton.

»Du wirst es überleben. Freue dich, dass wenigstens die Leute in Baltimore wieder lachen können. Ich wette, du findest recht bald eine neue Aufgabe.«

***

Auf der Heimfahrt dachte er lange über das Gespräch mit Jack Albright nach.

Jack hatte recht. Er würde es überleben und er sollte sich stattdessen über die positive Seite der Geschichte freuen. Und wie sein Freund richtig angedeutet hatte, gab es für ihn auch in Zukunft sicher jede Menge Dinge, die er in eine positive Richtung lenken könnte. Das Gespräch mit Paul Everton, neulich abends, hatte ihm das deutlich gezeigt. Ganz zu schweigen von den Problemen, die Selma noch immer mit dem Nachlass ihres windigen, toten Gatten hatte.

Gordon Cooper, dir wird bestimmt nicht langweilig werden. Du hast einfach einen ausgeprägten Hang, dir ab und zu ordentlich die Pfoten zu verbrennen, dachte er ironisch.

Als er nach Hause kam, fand er, wie zur Bestätigung, in seinem Briefkasten eine kurze Nachricht von Selma Hudson. *Wollte dich besuchen. Muss mit dir reden. Wo treibst du dich denn herum?*

11

Jetzt war eingetreten, wovor Paul sich gefürchtet hatte. Er steckte fest. Genau wie Clark, hatte er die leidige Schwachstelle im Plot schlichtweg übersehen.

Entnervt löschte er auch den dritten Entwurf dieses doch so wichtigen Kapitels.

Seit Tagen bog er Worte zurecht, aber sie berührten ihn nicht; die Sätze hatten keine Seele. Und so kam er zu dem Schluss, diesen Kampf vorerst aufzugeben und stattdessen zu versuchen, auf andere Gedanken zu kommen.

Er speicherte seinen Text sorgfältig ab und klappte den Laptop zu.

Am Strand entlanglaufen wäre jetzt genau das Richtige für ihn. Der frische Wind und die Bewegung würden ihm sicher guttun. Er vermutete schon lange, dass er Gefahr lief, einzurosten. Dabei war das Laufen neben dem Schreiben immer eine Passion gewesen. So klar wie lange nicht mehr wurde ihm bewusst, dass ihm die Bewegung bis zur Verausgabung fehlte ... genauso wie der Kontakt zu anderen Menschen.

Wann war ich zum letzten Mal auf dem Markt gewesen, um mir bei der freundlichen Mrs Pearson frisches Obst zu kaufen?, überlegte er. Er wusste es nicht. Es war ihm schlichtweg entfallen.

Würde Gordon Cooper ihn nicht immer wieder so hartnäckig aus seinem Trott holen, würde er vielleicht sogar irgendwann das Reden verlernen.

Er schlüpfte in seine Laufklamotten, band sich die Schuhe zu und verließ das Haus.

Der Wind war heftiger als vermutet, der Ozean aufgewühlt. Die Wellen rauschten mit donnernder Wucht auf den Strand. Selbst die Möwen hatten ihre Mühe, gegen diese Naturgewalt anzukommen.

Besorgt schaute er Richtung Ozean. Nachdem die Ostküste schon seit Längerem unter extremen Stürmen und ungeheuren Wassermassen litt, braute sich möglicherweise nun auch über dem Pazifik etwas zusammen.

Kalifornien könnte gut und gern ein paar Liter davon gebrauchen. Seit vielen Wochen tobten nördlich von San Francisco verheerende Waldbrände. Hunderte Menschen hatten inzwischen ihr Zuhause verloren; viele auch ihr Leben. Ein sich jährlich wiederholendes Drama; aber so schlimm, wie in diesem Jahr, war es selten gewesen.

Hier, in Blue Bay, waren sie zum Glück bisher verschont geblieben. Bis auf den heftigen Brand im *Inyo*, bei dem Norman Bishop im Sommer fast sein Leben verlor.

Er erinnerte sich noch genau an seine Betroffenheit als er davon erfuhr. Auch weil Selma und Linda bei ihm gewesen waren. Linda. Sollte er diesen Namen nicht endlich at acta legen? Warum sollte ich?, fragte er sich jedoch prompt. Er hatte sich in Linda Sinclair verliebt; Heather Franklin war eine Fremde für ihn.

Er blieb stehen, dehnte und reckte sich und als er sich umsah, bemerkte er zu seiner Überraschung, dass er schon in der Nähe des Leuchtturms war.

Obwohl er beschlossen hatte, um diesen Ort vorläufig einen Bogen zu machen, war er jetzt aus alter Gewohnheit hier gelandet.

Sollte er umdrehen? Nein, diesen Ort der vielen Erinnerungen zu meiden, würde ja nichts an der Situation ändern, machte er sich klar und stieg den schmalen, steinigen Pfad empor.

Als er oben ankam, blieb er abrupt stehen.

Am Rand der Klippe stand eine Frau.

Für einen kurzen Moment schoss ihm ein unglaubliches Glücksgefühl durch den Körper. Linda. Sie ist zurückgekommen.

Dann drehte sich die Frau um und sofort waren all die überwältigenden Gefühle verschwunden.

»Sie?« Fassungslos schaute er sie an.

Helen Hudson starrte den Mann an, der so unverhofft ihre stille Einkehr gestört hat.

»Hallo«, sagte sie leise und peinlich berührt. Sie musterte ihn überrascht. Dort, im Big Sur, war ihr gar nicht aufgefallen, was für wundervolle blaue Augen der Mann hat. Wie auch? Sie war von Sinnen gewesen.

»Sie haben also meinen Rat befolgt und sind nach Hause gefahren.« Er sah sie aufmerksam an. Zwar konnte er nicht behaupten, der Kummer sei schon spurlos an ihr vorübergegangen, aber ihr Zustand schien sich zumindest gebessert zu haben.

»Ja, das habe ich ... Und jetzt treffen Sie mich schon wieder am Rand einer Klippe.« Sie mühte sich ein Lächeln ab. »Was müssen Sie bloß von mir denken. Keine Sorge. Heute genieße ich nur die grandiose Aussicht.«

»Das beruhigt mich ungemein. Dann will ich Ihre Andacht nicht länger stören.«

Er musste sich jedes Wort abringen, hatte keinen Bedarf noch länger Small Talk zu betreiben. Schon gar nicht mit einer Frau. Besser gesagt, mit dieser Frau. Hatte sie ihn doch durch ihr Vorhaben in seine eigenen dunkelsten Abgründe blicken lassen.

Ohne ein weiteres Wort zu verlieren, drehte er sich um und floh nahezu von diesem Ort.

Helen sah ihm nachdenklich hinterher.

Wie kam ausgerechnet dieser Mann hierher?, fragte sie sich betroffen ... und spürte dem Herzklopfen nach, das der Blick in seine Augen verursacht hatte.

***

»Helen, Liebling, wo bist du denn gewesen? Ich habe mir solche Sorgen gemacht.« Selma kam erleichtert auf ihre Tochter zu.

»Ich habe einen Spaziergang gemacht.«

»So lange?«

»Ich war am Strand ... Und schließlich bin ich bis zum Leuchtturm gelaufen.«

»Bis zum Leuchtturm? Du meine Güte.«

»Ich habe mich tatsächlich etwas übernommen. Das letzte Stück hier herauf ist mir schwergefallen ... Aber es hat mir gutgetan. Die frische Luft, die herrlichen Ausblicke auf die Küste ...«

»Ich bin froh, dass du dich nicht mehr länger hier verkriechst, mein Schatz. Wie fühlst du dich?«

»Es ist noch nicht vorbei, Mom, der Schmerz, die Enttäuschung ... die Wut. Aber heute habe ich zum ersten Mal das Gefühl, dass ich es packen werde.«

Selma umarmte ihre Tochter fest. »Das wünsche ich dir von ganzem Herzen, mein Kind. Ich kann mir vorstellen ...«

Helen sah ihre Mutter aufmerksam an. »Du weißt, wie es sich anfühlt ... Wolltest du mir das sagen?«

Selma nickte. »Und deshalb weiß ich auch, dass es irgendwann besser wird ... Lass uns einen Tee trinken, du hast ganz kalte Hände.«

***

Paul war wütend. Warum war er ausgerechnet bis zum Leuchtturm gelaufen? Sein Plan war doch, auf andere Gedanken zu kommen. Und jetzt? Jetzt war die ganze Anstrengung umsonst gewesen.

Wer die Frau wohl ist?, fragte er sich. Sie war an diesem besagten Tag eindeutig Richtung San Francisco gefahren. Wie kam sie jetzt ausgerechnet nach Blue Bay? Schließlich lagen zwischen diesen Orten etliche Meilen.

Wie sie ihn angesehen hat ... Er wurde diesen Blick einfach nicht los. Waidwund und trotzdem, kaum zu erkennen, mit einem Schimmer Hoffnung.

Er wünschte ihr jeden Grund zur Hoffnung. Doch eines war klar, auf keinen Fall wollte er mit dieser Hoffnung in Verbindung gebracht werden.

Bei seinen vielen Recherchen war er schon auf die sonderbarsten Emotionen gestoßen, die Menschen während und nach Ausnahmesituationen entwickelten. Opfer zu Tätern oder zu ... Rettern.

Er schüttelte unwirsch den Kopf. Eine solche Gemengelage würde ihm gerade noch fehlen. Ab sofort wäre der Leuchtturm für ihn wieder tabu.

Die Frau ist sicher nur auf der Durchreise. Mit diesem Gedanken ging er zurück an seinen Schreibtisch, um einen neuen Versuch zu starten.

Und er nahm sich vor, am Abend mal wieder bei Gordon vorbeizuschauen. Vielleicht war es gut, mit ihm über die seltsame Begegnung zu reden.

Ab und an wunderte er sich noch immer darüber, wie gern er mit dem Mann plauderte. Im Sommer, als er ihm mit seinen Warnungen in den Ohren gelegen hatte, hätte er nicht für möglich gehalten, ihn einmal als Freund zu betrachten.

Gordon war hocherfreut, als Paul an seine Tür klopfte.

»Komm herein und mach es dir bequem ... Ein Bier?«, begrüßte er seinen seltenen Gast.

Paul nickte zustimmend und konnte sich ein Grinsen nicht verkneifen. »Wenn das so weiter geht, gewöhne ich mich noch an das Gebräu. Störe ich gerade?« Er deutete auf das flimmernde Fernsehgerät.

»Nein. Du störst nicht ... Hab genug gesehen, um schlechte Laune zu kriegen ... Diese Waldbrände ... eine Katastrophe. Aber es gibt ja keinen Klimawandel«, merkte er zynisch an. »Alles Idioten ... Was haben wir uns da bloß für eine Laus in den Pelz gesetzt? ... Hier, nimm. Cheers.«

»Zum Wohl, Gordon ... Mögen alle Idioten dieser Welt zur Einsicht kommen.«

»Ist das nicht zu viel verlangt ... von einem Trinkspruch?« Gordon lachte laut. »Kommst du voran?«

»Habe gerade einen Durchhänger.«

»Das wird wieder ... Und sonst?«

»Du wirst nicht glauben, was ich heute erlebt habe ... Bin mehr oder weniger aus Versehen zum Leuchtturm gelaufen ... ja, schau nicht so; es war ohne Absicht ... und auf wen bin ich dort getroffen?«

Gordon sah ihn gespannt an. »Nun, sag schon ...«

»Die Verrückte aus Big Sur stand dort an der Klippe. Ich dachte schon, ich müsste sie ein zweites Mal überzeugen.«

»Das ist wirklich ein seltsamer Zufall ... Würde ich das in einem deiner Bücher lesen, würde ich denken ›Jetzt übertreibt er aber‹.«

»Du liest doch nicht etwa meine Bücher?«

Gordon sah ihn verlegen hat. »Das letzte schon«, gestand er schließlich verlegen.

Paul war verblüfft. Dann wurde ihm bewusst, dass dieser besagte Roman sie beide schließlich mit einem unsichtbaren Faden verband.

»Du überraschst mich immer wieder, Gordon ... Und, hat er dir gefallen?«

»Bis auf das Ende war's okay«, brummte Gordon. »Jetzt noch mal zu der jungen Frau. Das macht mich jetzt doch neugierig. Wie sah sie aus?«

»Was soll ich sagen? Sie ist recht hübsch, noch immer ziemlich neben der Spur ...

Ansonsten ... Hab nicht so genau hingesehen.«

»Nicht gefragt, woher sie kommt, wohin sie geht ... wie sie heißt?«

»Gordon, das mag in deinem Polizistenleben so üblich sein. Nicht bei mir. Warum sollte ich sie das fragen? Es interessiert mich schlichtweg nicht. Und ich hoffe, dass es das nun war mit unseren Begegnungen. Die Frau strahlt mir zu viel Leid aus ... Das kann ich gerade nicht gebrauchen.«

»Verstehe.«

»Gut.«

»Dann lass uns über was anderes reden. Interessierst du dich für die *National Football League*?«

Paul lachte laut. »Sorry, Gordon. Offensichtlich hast du dir den falschen Kumpel ausgesucht. Ich interessiere mich nicht die Bohne für diesen Sport. Tut mir wirklich leid für dich.«

»Tja, nachdem ich schon so viel Mühe in unsere Beziehung investiert habe, jage ich dich jetzt trotz dieses schweren Mankos nicht gleich vor die Tür.«

»Das beruhigt mich ungemein, Gordon Cooper. Ich bin froh, dass du dir die Mühe gemacht hast ... Auf uns, die einsamen Männer von Blue Bay.«

***

»Was hältst du davon, am Samstag ein paar Freunde einzuladen ... bevor die Mädchen wieder zurück nach Berkeley fahren?«

Norman sah Selma überrascht an. »Gibt es einen bestimmten Grund?«

Sie nickte. »Ich habe lange darüber nachgedacht und bin zu dem Schluss gekommen, dass ich ein paar Dinge klarstellen muss.«

»Hört sich ernst an ... und gar nicht nach einem Fest mit Freunden.«

»Ich hoffe, dass es dennoch ein Fest mit Freunden wird, Norman.«

»Und wer sollen die Gäste sein?«

»Gordon, die Pearsons, Sheriff Miller ... Paul Everton ...«

»Eine ausgefallene Auswahl. Was bezweckst du mit dieser Einladung?«

»Es gibt viele Gründe. Ich möchte nicht länger, dass Leute, die mir immer zugetan waren, nun einen Bogen um mich machen. Also werde ich ein paar Wahrheiten über Matthew Hudson erzählen. Außerdem möchte ich keine Heimlichkeiten mehr, was uns betrifft.«

Norman sah sie überrascht an. »Wie meinst du das, Selma?«

»Ich werde verkünden, dass wir beide ein Paar sind ... und dass wir jetzt hier gemeinsam in diesem Haus leben.«

»Wäre es nicht an mir das bekanntzugeben?«

»Norman, Liebster, mich beschleicht hin und wieder das Gefühl, dass du noch immer an meiner Liebe zweifelst ... nicht recht glauben willst, dass ich jetzt zu dir gehöre ... Ich weiß nicht warum, aber es scheint dir schwerzufallen, diesem Glück zu trauen.«

»Selma, ich ... ich weiß nicht was ich sagen soll. Du beschämst mich. Ich kann es tatsächlich manchmal nicht glauben, was da im Sommer mit uns geschehen ist. Dann schrecke ich auf und habe Angst, alles sei nur ein schöner Traum. Selma Hudson, die von allen respektierte, angesehene Frau und Norman Bishop, Ranger im Nationalpark *Inyo*.«

»Genau aus diesem Grund will ich da Einiges gerade rücken ... dem vermeintlichen Glanz des Namens ›Hudson‹ etwas von seiner Strahlkraft nehmen. Du bist der anständigste, liebevollste Mensch, der mir je begegnet ist, Norman Bishop. Ich liebe dich ... und ich möchte niemals mehr erleben, dass du dich klein machst.«

Norman nahm Selma sprachlos in die Arme. Ja, es war Wirklichkeit. Diese wundervolle Frau gehörte zu ihm. Nächste Woche würde er einen Abstecher nach Santa Barbara machen und bei *Bryant & Sons* in der State Street endlich den reservierten Ring abholen.

12

Überrascht schaute Paul auf Selma Hudsons schnörkellose Einladung. Was hatte das zu bedeuten? Zwar hatten sie hin und wieder ein paar Worte gewechselt, aber reichte das für eine private Feier? Offensichtlich hatte nicht nur Gordon beschlossen, ihn ab und zu von seinem Schreibtisch wegzulocken. Er war sich nicht sicher, ob ihm diese geballte Aufmerksamkeit gefiel.

Nachdenklich schlüpfte er in seine Schuhe und machte sich auf den Weg zu einem kurzen Strandlauf. Bei der Gelegenheit würde er bei Gordon vorbeischauen. Es kam ihm seltsam vor, dass er ihn schon seit ein paar Tagen nicht mehr gesehen hat.

Ein Lächeln huschte über sein Gesicht. Verdrehte Welt. Jetzt mache ich mir Sorgen um ihn, dachte er belustigt.

Er öffnete die Tür und hatte das überraschende Gefühl, der Sommer sei zurückgekehrt. Es war erstaunlich warm für einen Herbsttag; und windstill. Ein wolkenloser Himmel wölbte sich über Ozean und Land, das Wasser lag wie eine silbrig glänzende Decke vor ihm.

Sicher nur ein kurzes Intermezzo, dachte er bedauernd und lief los.

Auf dem Rückweg winkte ihm zu seiner Erleichterung Gordon schon von Weitem zu.

Er hob die Hand und stieg die sandigen Stufen hinauf zur Veranda.

»Gordon, alles in Ordnung? Hab dich lange nicht gesehen.«

»Hat dich das etwa beunruhigt? ... War ein wenig verschnupft. Ist alles wieder okay.«

»Schön für dich. Bin noch aus einem anderen Grund hier. Ich habe eine Einladung von Mrs Hudson für Samstag in meiner Briefbox gefunden und kann mir keinen Reim darauf machen.«

»Sie hat einfach Lust mit ein paar Freunden zusammenzusitzen und nett zu plaudern.«

»Freunde lädt man ein. Ja. Aber ich gehöre doch nicht ...«

»Paul, du wirst akzeptieren müssen, dass uns etwas an dir liegt. Mach dir also keine Gedanken und freu dich einfach auf das Wochenende. Um achtzehn Uhr bin ich bei dir.«

»Du schaffst gerne Tatsachen, was?«

Gordon grinste. »Nur so kommt man voran.«

»Sollte ich mir merken ... Okay, ich muss jetzt schnellstens die feuchten Klamotten loswerden. Und ich brauche eine warme Dusche, sonst bin ich demnächst verschnupft ... Dann bis Samstag, Gordon.«

Die letzten Meter bis zu seinem Haus legte er in einer seltsamen Hochstimmung zurück. Die gerade gewonnene Erkenntnis, dass es hier tatsächlich Menschen gab, denen er nicht gleichgültig war, berührte ihn mehr als er sich eingestehen wollte.

***

Molly Pearson fuhr sich noch einmal mit der Bürste übers Haar.

»Bradley, willst du nicht doch mit hinauf zu Mrs Hudson kommen?«

»Was soll ich bei den alten Leuten? Sorry, Mom, nimm's nicht persönlich. Ich treffe mich mit den Jungs im *Jason's* zum Dartspiel.«

»Dann viel Spaß, mein Junge.« Molly fuhr ihrem Sohn zärtlich durchs Haar.

Er wehrte ihre Hand ab. »Mom, bitte ... Euch auch viel Spaß.«

Auf der Veranda des Hudson-Hauses war alles für die kleine Feier vorbereitet. Nun wartete Selma aufgeregt auf ihre Gäste. Würde alles so ablaufen, wie sie es geplant hat? Wären einige der Leute nach diesem Treffen noch immer ihre Freunde? Sie hoffte es.

Norman strich ihr mit dem Zeigefinger über die Sorgenfalte auf der Stirn. »Entspann dich, Selma. Noch kannst du es dir überlegen.

Niemand zwingt dich dazu, derart private Dinge zu erzählen.«

»Nein, Norman, ich werde das durchziehen ... obwohl ich ziemliche Angst davor habe. Aber dieses Theaterstück hat schon zu viele Akte; es muss ein Ende haben. Uns allen wird es guttun.«

»Wie wird Cathy darauf reagieren?«

»Ich will ihr nicht die Liebe zu ihrem Dad nehmen, aber sie sollte ihn endlich in einem realistischen Licht sehen und ihn nicht länger in den Himmel heben.«

»Gut, Selma. Du wirst das Richtige tun ... Du hast meine volle Unterstützung.«

Als Paul gemeinsam mit Gordon die Ocean Lane hinauffuhr, beschlich ihn ein mulmiges Gefühl. Doch nun war es zu spät, um seine Meinung zu ändern. Gleich wären sie am Ziel.

Er registrierte, dass schon etliche Gäste versammelt waren. Er entdeckte Sheriff Miller, die Pearsons und ...

Als er die junge Frau sah, mit der Selma Hudson lächelnd auf ihn zukam, bereute er, nicht auf sein Bauchgefühl gehört zu haben.

Dann stand sie vor ihm und er sah die Furcht in ihren Augen.

»Paul, das ist meine Tochter Helen«, erklärte Selma stolz und legte den Arm um sie.

Er ergriff die kalte Hand und sagte steif: »Miss Hudson, freut mich Sie kennenzulernen.«

Die Erleichterung trieb Helen beinahe Tränen in die Augen. Er hatte nicht verraten, dass sie sich bereits kannten. Er hatte ihr Geheimnis bewahrt.

Gordon, dem stummen Beobachter der Szene, waren die eigenartigen, kaum sichtbaren Regungen der beiden nicht entgangen. Er begann eins und eins zusammenzuzählen und landete prompt bei dem unangenehmen Verdacht, Helen könnte die Frau auf der Klippe gewesen sein. Aber warum um Himmels Willen?

Paul nahm sich ein Glas Weißwein, ging damit ans Ende der weitläufigen Veranda und versuchte sich zu beruhigen. Selma Hudsons Tochter ... Ob sie etwas von der jämmerlichen Verfassung wusste, in der sich ihre Tochter befunden hat?

Nun hatte er zumindest Gelegenheit, sie genauer zu betrachten und schaute unauffällig zu ihr hin. Er musste sich eingestehen, dass sie eine attraktive, schöne Frau war. Hellbraune Haare, die ihr locker bis über die Schulter fielen, ein schmales Gesicht mit, zugegebenermaßen tief-traurigen, braunen Augen. Abgesehen davon, genau der erfrischende Typ, auf den viele Männer standen. Was war also der Grund für ihre Verzweiflung?

Helen, noch immer schockiert über das Auftauchen ihres bis dato fremden Retters, wagte nicht ihn anzusehen. Warum war ihr das nicht gleich eingefallen? Paul Everton, der bekannte Schriftsteller. Sie schob es auf ihren extremen Zustand und sein verändertes Äußeres. Die Haare ungewohnt kurz, der Bart ...

Eine Welle der Dankbarkeit durchströmte sie. Er hatte sie nicht verraten.

Selma klopfte an ihr Glas. Die Gespräche verstummten und alle sahen sie aufmerksam an.

»Ich freue mich sehr, dass alle Zeit hatten und heraufgekommen sind. Vor Monaten haben wir unten am Strand gemeinsam den Sommer begrüßt. Einen Sommer, der einige Überraschungen für uns im Gepäck hatte. Nun, der Sommer ist vorbei ... Es ist herbstlich geworden in Blue Bay.«

Mit jedem Wort fiel es ihr leichter. Der Anfang war gemacht.

»Ihr ... Sie alle haben vermutlich letzte Woche den Artikel in der *Los Angeles Times* gelesen ...« Selma stockte einen Moment, dann sprach sie weiter. »Ich will ein paar Dinge zurechtrücken ... Obwohl es nicht einfach für mich ist, finde ich es längst überfällig.«

Wie auf ein Kommando stellten sich Norman und Gordon schützend an ihre Seite.

»Es geht um meinen ... um Matthew und um seinen Umgang mit uns allen.« Selma sah Pete Miller an und versuchte es mit einem Lächeln. »Er hat Ihre Strafzettel allesamt in dem Müll geworfen, Pete. Geld, das Blue Bay entgangen ist. Wie viel schulde ich Ihnen, Sheriff?«

Sheriff Miller sah sie grimmig an. »Sie schulden mir nichts, Ma'am. Es waren seine verdammten Strafzettel.«

»Danke, Pete.« Sie holte tief Luft. »Es gibt aber noch viele andere Dinge zu erklären und es fällt mir weiß Gott nicht leicht, darüber zu sprechen ... Als Erstes: Egal was der Artikel andeutet, ich habe nichts über das Ausmaß und die Art seiner Geschäfte gewusst. Nur einmal habe ich eingegriffen.« Sie schaute die Pearsons mit festem Blick an. »Ja, es stimmt, er wollte Ihnen die Farm abluchsen ... für ein überflüssiges Golf-Ressort.«

»Aber ...« Wayne stockte.

»Er hat Sie angelogen, Wayne. Er wollte Ihnen nicht dabei helfen, Ihr Hab und Gut zu erhalten ... Im Gegenteil. Er wollte sich von Anfang an Ihr Land unter den Nagel reißen.« Sie hielt einen Moment inne. »Der perfide Plan war, Ihnen auf den letzten Drücker zu erzählen, der von ihm vorgeschobene vermeintliche Geldgeber hätte überraschend kalte Füße bekommen. Sie wären in Zahlungsschwierigkeiten geraten und dann hätte der herzensgute Mister Hudson Ihnen ein Angebot unterbreitet ... Durch einen glücklichen Zufall habe ich die Unterhaltung mit diesem ominösen Geschäftspartner mitgehört ... und habe dieses windige Geschäft torpediert ...«

Um die Trockenheit in ihrem Mund zu beseitigen, nahm sie einen kräftigen Schluck von ihrem Rotwein.

»Und nun denkt dieser Detective Griffin, ich sei in alle Geschäfte eingeweiht gewesen. Er wollte dieses Haus durchsuchen, hat mich vorgeladen und jetzt geht er zu allem Überfluss damit auch noch an die Presse. Meine Tochter Helen musste dafür schon einen hohen Preis bezahlen. Ihr Verlobter hat sich von ihr getrennt.« Selma verstummte und sah in die sprachlosen Gesichter ihrer Gäste.

Gordon horchte auf. Helens Verlobung war geplatzt? Jetzt gab es für ihn keinen Zweifel mehr: Helen war die Frau auf der Klippe gewesen.

Offensichtlich ahnte Selma nichts davon und wenn es nach ihm ginge, sollte das vorerst auch so bleiben. Sie hatte genug Probleme am Hals und irgendwann wäre auch eine starke Frau wie sie überfordert. Aber Norman sollte wissen, in welch gefährliche Lage sich Helen gebracht hatte.

Und sicher wäre es sinnvoll, Cathy einzuweihen. Die könnte in Berkeley auf Helen aufpassen. Er sah hinüber zu ihr.

Cathy stand verlassen da und weinte lautlos. Vermutlich begrub sie heute endgültig das strahlende Bild ihres Vaters.

Selma tat es in der Seele weh, ihre Jüngste derart verzweifelt zu sehen. Es tut mir so leid, meine Kleine, dachte sie bedauernd, aber ich werde dir noch ein paar unschöne Dinge zumuten müssen.

Wayne Pearsons Gesicht war vor Zorn rot angelaufen. »Das ist eine unglaubliche Sauerei ...«, schnaubte er.

»War, Wayne, war. Hudson ist tot, Selma trifft keine Schuld«, sagte Gordon fest.

»Warum erzählen Sie uns das alles, Mrs Hudson?«, fragte Molly leise.

»Ich habe genau bemerkt, dass Sie, Molly, und auch Sie, Sheriff, seit Tagen einen Bogen um mich machen. Sie alle, ganz Blue Bay, hat zum Frühstück diese Story verschlungen. Stimmt's?«

Die Angesprochenen schauten sie betroffen an.

»Oh, glauben Sie mir, ich kann das gut verstehen. Aber ich möchte mich wieder unbeschwert mit Ihnen unterhalten, mich in Blue Bay frei bewegen können.«

»Es tut mir leid. Es war ganz gewiss nicht meine Absicht Sie zu kränken, Mrs Hudson.« Molly Pearson sah Selma mit feuchten Augen an.

Selma nickte. »Und weil wir gerade dabei sind, reinen Tisch zu machen, es gibt noch andere Wahrheiten ... unschöne, aber auch schöne ...«

Normans Herzschlag beschleunigte sich noch mehr.

»Die unschöne ist, dass mein Mann mich am Tag seines tragischen Todes verlassen hat ... mit einem erheblichen Teil unseres

Vermögens und einer anderen Frau ... Und dass ich Ihre Anteilnahme danach kaum ertragen habe.«

»Mom«, rief Cathy, »du musst das nicht erzählen.«

»Schon okay, mein Schatz ... Ich komme zum Schluss meiner sicher etwas seltsam anmutenden Vorstellung und damit zu den erfreulichen Dingen.« Sie deutete lächelnd auf Norman Bishop. »Dieser anständige, attraktive Mann und ich sind seit dem Sommer ein Paar. Wir lieben uns und wir leben seit geraumer Zeit gemeinsam drüben in seinem Haus. So, und nun lasst uns endlich feiern.« Sie hob ihr Glas und prostete ihren verblüfften Gästen zu.

Paul bekam das Ende der in seinen Augen skurrilen Veranstaltung nicht mehr mit.

Nachdem Selma die geplatzte Verlobung ihrer Tochter erwähnt hatte, schlich er sich klammheimlich davon.

Eine geplatzte Verlobung, dachte er aufgewühlt, als er den schmalen Pfad Richtung Strand hinunterlief. Allen Grund verzweifelt zu sein.

***

»Die arme Mrs Hudson«, sagte Molly voller Mitgefühl, als sie mit ihrem Mann die Ocean Lane hinabfuhr.

»So ein Miststück«, schnaubte Wayne. »Hat uns alle die ganze Zeit an der Nase herumgeführt ... Sich vermutlich über unsere Naivität amüsiert.«

»Wir sind nicht die Einzigen, die er hinters Licht geführt hat.«

»Ja. Ich Idiot habe zu lange an seine guten Absichten geglaubt. Dadurch wurde die Zeit knapp und ich musste dem Erstbesten das Land zu einem lächerlichen Preis verpachten ... Ich hätte das meinem Vater gern erspart.«

»Es hätte uns schlimmer treffen können. Wenn Mister Hudsons Plan aufgegangen wäre, hätten wir auch das Haus und die Werkstatt verloren ... Wir hatten Glück im Unglück, Wayne. Also beruhige dich.«

»Du hast ein zu gutes Herz, Molly, und auch dafür liebe ich dich.«

Bei ihrer Rückkehr lief ihnen vor dem Haus Bradley über den Weg.

»Hattest du einen schönen Abend, mein Sohn?«

»Ja, Mom ... Und ihr?«

»Du hast etwas verpasst, Bradley«, sagte sein Vater.

»Verpasst? ... Erzähl ...«

»Mrs Hudson hat aus dem Nähkästchen geplaudert ... Uns über die unanständigen Geschäfte ihres Mannes aufgeklärt.«

Bradley sah seinen Vater verdutzt an. »Sie hat was?«

»Eine lange Geschichte, Bradley. Kommt ins Haus.«

»Cathy war auch da«, hörte er seine Mutter flüstern.

Das traf ihn. Seit Wochen hoffte er darauf, sie zu sehen. Nun hätte er einen ganzen Abend Gelegenheit dazu gehabt. Verdammt. Warum hatte er sich bloß stattdessen bei *Jason's* die Zeit um die Ohren geschlagen?

13

Die ganze Nacht hatte Gordon damit zugebracht, über den Abend bei Selma nachzudenken. Er bewunderte den Mut seiner Freundin. Molly Pearson würde schon dafür sorgen, dass auch dem letzten Bewohner Blue Bays klar wurde, wen sie da mit ihrer bronzenen Danksagungsstafel an der Bücherei ehrten. Und jeder würde sich fragen, ob Hudson den Bau eventuell mit unredlich verdientem Geld finanziert hat.

Was ihm jedoch besonders schwer im Magen lag, war Helens Unglück. Er musste schnellstens mit Paul Everton reden. Und sollte der seinen Verdacht bestätigen, wäre ein Gespräch mit Norman und Cathy fällig.

***

Norman schaute überrascht auf die kurze Nachricht. Seltsam, warum hatte Gordon gestern Abend nicht die Gelegenheit für ein Gespräch mit ihm genutzt?

»Norman, hast du einen Moment Zeit für mich?« Cathy sah ihn verlegen an.

»Natürlich. Was hast du auf dem Herzen?«

»Ich habe eine komische Nachricht von Mister Cooper erhalten. Er will mit mir sprechen.«

»Ach, du auch ... Mir hat er auch geschrieben. Eigenartig. Ob es mit der Ansprache eurer Mutter zu tun hat?«

Cathy zuckte mit der Schulter. »Keine Ahnung. Kann ich mit dir mitfahren?«

»Klar, Cathy. Und mach dir keine Sorgen. Heute Abend sind wir schlauer.«

»Hallo, ihr beiden, kommt herein.« Gordon schloss die Haustür und ging ihnen voraus ins Wohnzimmer. »Setzt euch, wir müssen reden.«

»Gordon, ich bin ein absoluter Freund deiner klaren, direkten Worte, also fang jetzt nicht an, rätselhaft zu werden.«

»Sorry, Norman, ist ein heikles Thema.«

»Sie machen mir Angst, Mister Cooper«, sagte Cathy leise.

»Nenn mich Gordon, Cathy, fühl mich eh schon lange wie dein Quasi-Grandpa.«

Cathy errötete. »Danke ... Gordon. Oder möchtest du, dass ich dich ›Grandpa‹ nenne?«

Gordon lachte laut auf. »Humor hat sie auch ... Recht so ... Gordon ist mir lieber. Dann fühle ich mich nicht gar zu alt. Und jetzt zu meinem Anliegen.«

»Kann's kaum erwarten«, meinte Norman, den der kleine Dialog amüsierte.

»Helens Verlobung ist also geplatzt?«

146

»Ja. Dieser arrogante Idiot hat Helen abserviert. Vermutlich wegen der Dinge, die über Dad im Umlauf sind. Als dieser Artikel erschienen ist, war ein gemeinsames Wochenende in Carmel-by-the-Sea mit seinen Eltern geplant; er hat sie ausgeladen. Es gäbe wichtige familiäre Probleme zu besprechen ... Ha, familiäre Probleme ... Er hat sich dort stattdessen mit dieser Tussi getroffen. Nachdem diese Bilder in den Schmierblättern erschienen sind, konnte ich Helen mehrere Tage nicht erreichen. Ich hatte solche Angst und hab Mom angerufen.«

»Über genau dieses Verschwinden muss ich mit euch reden.«

»Was weißt du, Gordon? Nun sag schon ...«

»Vor gut einer Woche habe ich mich mit Everton getroffen ...«

»Was hat Everton damit zu tun?«

»Geduld, Norman. Du wirst es gleich verstehen. Aber bevor ich weiterrede, müsst ihr mir versprechen, dass Selma vorerst nichts davon erfährt. Sie ist eh angeschlagen, wegen Griffins idiotischer Verdächtigungen ... Versprecht mir das.«

»Mom soll nichts erfahren? Gordon ... Was ist passiert?«

»Wir versprechen es ... Okay, Cathy?«

Cathy nickte. »Versprochen.«

»Gut. Dann zurück zu Everton. Er erzählte mir an diesem besagten Abend von einem beängstigenden Vorfall in Big Sur. Auf der Rückfahrt von San Francisco machte er Rast auf einem Parkplatz nahe der *Bixby Creek Brigde*. Dort fiel ihm ein verlassenes Auto auf. Er hat sich nicht groß darum gekümmert. Doch auf der Weiterfahrt hat ihn die Sache nicht mehr losgelassen. Er hat gewendet und ist zurückgefahren. Das Auto war noch immer da. Beim genauen Umsehen, hat er am äußersten Rand der Klippe eine junge Frau entdeckt.«

Cathy hielt sich entsetzt die Hand vor den Mund.

»Er hat sich ihr vorsichtig genähert. Sie war in einem desolaten Zustand. Schließlich hat er sie dazu gebracht, diesen gefährlichen Platz zu verlassen, in ihr Auto zu steigen und weiter zu fahren. Vor ein paar Tagen ist er nach langer Zeit mal wieder zum Leuchtturm gelaufen und hat dort zu seiner Verblüffung genau diese Frau wiedergetroffen. Wir beide haben das unter ›seltsame Zufälle‹ abgehakt und waren erleichtert, dass sie noch lebt.«

»Du meinst, es war Helen?«, fragte Norman geschockt. »Was bringt dich zu der Überzeugung?«

»Als Selma gestern Abend die beiden miteinander bekannt machte, war ich doch etwas überrascht, wie steif und betont korrekt er sie ansprach und wie panisch sie auf seinen Anblick reagierte. Als Selma dann die geplatzte Verlobung erwähnte und Paul daraufhin die Flucht ergriff, habe ich einfach nur kombiniert. Inzwischen hat er mir meine Vermutung bestätigt.«

»Oh, mein Gott«, flüsterte Cathy entsetzt. »Helen wollte ... Mom darf das nicht erfahren.«

»Helen, die vernünftigste junge Frau, die ich kenne«, sagte Norman erschüttert. »Wir müssen auf sie achten.«

»Genau aus diesem Grund, erzähle ich euch das alles. Besonders du musst dich in den nächsten Wochen um sie kümmern, Cathy. Wer weiß, was für schmutzige Geschichten noch in die Welt posaunt werden.«

Tief erschüttert machten sich Norman und Cathy auf den Rückweg.

»Cathy, wenn wir jetzt nach Hause kommen, müssen wir uns zusammenreißen. Du kennst deine Mutter ... Sie hat einen siebten Sinn. Und Helen ... Wir müssen versuchen, unbefangen mit ihr umzugehen. Vermutlich ist ihr die Sache peinlich ... sonst hätte sie doch längst zumindest mit eurer Mom darüber geredet.«

»Ich weiß nicht, ob ich das packe, Norman. Meine große Schwester hatte vor sich das Leben zu nehmen ... Dexter Malone, ich hasse dich.«

»Beruhige dich, Cathy. Schaffst du es, dich in Berkeley um Helen zu kümmern oder sollten wir vielleicht darauf dringen, dass sie noch eine Weile hierbleibt. Was meinst du?«

»Sie wird sich nicht überreden lassen, noch länger hier zu bleiben. Sie hat wichtige Klausuren. Und ich ... ich habe Angst vor der

Verantwortung. Wie soll ich ihr denn erklären, dass ich plötzlich ständig um sie herum bin, wenn das vorher nicht der Fall gewesen ist.«

»Mmm ... Das ist tatsächlich ein Problem«, sagte Norman nachdenklich. »Lass uns erst einmal nach Hause kommen ... Wenn wir die erste Hürde nehmen, ohne dass deine Mutter misstrauisch wird, sind wir vorerst aus dem Schneider.«

»Und wenn sie fragt, warum wir beide zusammen unterwegs waren?«

»Manchmal sind kleine Notlügen erlaubt, Cathy«, sagte Norman ernst. »Es fällt mir sehr schwer, deine Mutter anzulügen.«

»Du liebst sie wirklich sehr.«

»Mehr als ich sagen kann, Cathy. Ich war noch nie in meinem Leben so glücklich, wie jetzt mit deiner Mom.«

»Norman, was ich dir damals gesagt habe, dort am Strand ... Es tut mir sehr leid. Und ich bin so froh, dass du mir nicht böse bist. Ich habe mir wirklich für eine Weile eingeredet, du wärst der Mann fürs Leben ... Aber jetzt ... Ich sehe, wie glücklich Mom mit dir ist. Ich freue mich aufrichtig für euch.«

»Für solche Gefühle muss man sich nicht entschuldigen, Cathy. Du bist eine liebenswerte Frau und irgendwo da draußen wartet schon jemand ungeduldig auf dich ...«

»Vielleicht ... Was sagen wir jetzt Mom?«

»Wir haben uns zufällig in Blue Bay getroffen ... Ein kleiner Satz, der uns für den

Moment weiterhilft. Irgendwann, wenn sich der Wirbel um euren Dad gelegt hat, werde ich ihr alles erzählen.«

»Gut.«

Als sie vor dem Hudson-Haus vorfuhren, kam ihnen Selma entgegen.

»Ihr beide ... in einem Auto.« Sie lachte froh.

»Wir waren bei Gordon«, sagte Norman zu Cathys Verblüffung. Offensichtlich brachte er es einfach nicht über sich, sie zu belügen.

»Ihr beide ... bei Gordon?«, wiederholte Selma überrascht.

»Aufarbeitung von gestern Abend«, sagte er und küsste sie.

Cathy ging schweigend ins Haus. Dieser Norman ist wirklich der aufrichtigste Mann, den ich kenne, dachte sie. Glückliche Mom.

***

Helen war in einer seltsamen Stimmung. Die Enttäuschung über Dexters schändliches Verhalten wurde überlagert von Gedanken an Paul Everton. War es wirklich nur Dankbarkeit, weil er sie vor dieser Dummheit bewahrt hat, oder war sie gerade dabei sich in ihn ...? Sie wagte nicht, diesen Gedanken zu Ende zu denken.

Selma beobachtete ihre Tochter, die, wie so oft in den vergangenen Tagen, auf der Veranda saß und gedankenverloren hinunter zum Ozean schaute. Es tat ihr weh, sie so in sich gekehrt und ohne Elan zu sehen. Sicher würde es noch eine Weile dauern bis sie über den Berg war.

Besorgt ging sie zu ihr. »Helen, Liebes, willst du wirklich schon morgen zurück nach Berkeley fahren?«

Helen sah ihre Mutter überrascht an. »Wieso fragst du, Mom? Du weißt doch, dass ich diese Klausuren im Nacken habe.«

»Ich mache mir Sorgen um dich, Kind. Du hast so viel wegstecken müssen ... Gibt es keine Chance, diese Klausuren später nachzuholen?«

»Mom, ich täte nichts lieber, als mich noch eine Weile von dir umsorgen zu lassen. Aber ... Ich muss diese Tests schreiben. Leider.«

»Verstehe. Versprich mir, dass du danach wieder nach Hause kommst. Vielleicht hat Cathy Lust dich zu begleiten.«

»Du bist froh, dass sie endlich ihren Starrsinn abgelegt hat, oder?«

»Ja, ich bin sehr froh, dass sie mir nicht mehr böse ist.«

»Das war einfach nur sehr kindisch von ihr.«

»Sie war unglücklich und enttäuscht, Helen.«

»Kein Grund, dich derart zu kränken. Hoffentlich findet sie bald den richtigen Mann. Ich glaube, sie hat Angst als Single zu enden.«

»Vor was habe ich Angst, große Schwester?«, fragte Cathy.

»Nicht den Richtigen zu finden«, sagte Helen und lachte zum ersten Mal seit Langem aus vollem Herzen.

»Gut, dass es dir wieder besser geht. Hab deine Weisheiten schon vermisst.« Cathy drückte ihre Schwester fest an sich. Dabei konnte sie die Tränen nur mit Mühe zurückhalten. Helen, arme Helen.

Schweren Herzens verabschiedete sich Selma am nächsten Tag von ihren Töchtern.

»Fahrt bitte vorsichtig. Und du, Helen, melde dich, wenn es Probleme gibt. Du musst nicht die Starke spielen. Wir alle haben Verständnis für deine Situation.«

»Danke, Mom, für alles.« Helen umarmte ihre Mutter zärtlich. Ihr graute vor Berkeley und dem, was vor ihr lag. Aber sich hier zu verkriechen, würde ihre Probleme nicht lösen.

»Lass uns fahren«, sagte Cathy und stieg ein. Ihr war bang vor den kommenden Tagen.

»Bye, Mom, bis bald. Und zeig diesem Detective was ein ordentlicher Kinnhaken ist ...«, rief sie ihr aus dem geöffneten Fenster zu. Dann fuhr sie los.

Selma schaute den beiden hinterher, bis das Auto nicht mehr zu sehen war. Dann ging sie ins Haus, machte Ordnung, schloss alle Fenster und Türen. Ab sofort wäre ihr Zuhause drüben ... Endgültig, dachte sie entschlossen.

Als Norman am Abend nach Hause kam, erwartete sie ihn an einem festlich gedeckten Tisch mit einem köstlichen Essen.

So wie an diesem Abend im Sommer, als sie versucht hat, ein Missverständnis aufzuklären und danach alles fast an meinem Stolz gescheitert wäre, dachte er bewegt.

»Auf unser gemeinsames Leben, Norman«, sagte sie und erhob ihr Glas mit dem schmackhaften kalifornischen *Zinfandel*.

Französischer *Cabernet Sauvignon* war gestern, dachte sie glücklich.

Und als Norman sie später in seinen Armen hielt, wusste sie, dass sie trotz Helens Kummer auf der Sonnenseite des Lebens stand. Egal was dieser Detective Griffin noch zutage fördern würde.

14

Nachdem Helen sich regelrecht durch den Tag gequält hatte, verließ sie erschöpft die *Haas School of Business* und machte sich auf den Heimweg.

Seit dem Tod ihres Vaters bereute sie, dass sie nach ihrem Bachelor auch noch den Master-Abschluss angestrebt hat. Es gab keine Firma Hudson mehr, die sie hätte weiterführen können, wie ihr Vater es immer gewünscht hat.

Sie hatte schon oft mit dem Gedanken gespielt, ihren Studienplatz für jemanden frei zu machen, der mit Freude und Elan einen Abschluss anstrebte. Vielleicht wurde ihr die Entscheidung abgenommen, wenn sie in den anstehenden Tests nicht die erforderlichen Ergebnisse liefern würde.

Vor nicht allzu langer Zeit hätte diese Möglichkeit sie in Panik versetzt. Doch jetzt war alles anders. Sie war achtundzwanzig und ihr Leben stand auf dem Kopf.

Vor der Eingangstür ihres Apartmenthauses saß ihre Schwester auf den Stufen und wartete auf sie.

»Cathy, hast du nichts zu tun und langweilst dich? Das ist jetzt am vierten Tag das vierte Mal, dass du hier bei mir aufkreuzt ... Oder hast du von Mom den Auftrag bekommen, auf mich aufzupassen?«

»Sie hat mich darum gebeten, ja ... Wir machen uns einfach Sorgen um dich.«

»Verstehe. Komm, ich hab noch eine Tiefkühlpizza im Kühlschrank. Die gönnen wir uns jetzt ... Und besprechen dabei, ob wir am Wochenende wirklich schon wieder nach Blue Bay fahren sollen. Ist ne ziemliche Strecke.«

»Wir haben es versprochen, Helen. Mom wird sich Sorgen machen, wenn wir nicht kommen.«

»Ja, ja, schon gut. Ich möchte nur nicht durch meine Probleme euren Alltag durcheinanderbringen.

***

Wie immer schien am Freitagnachmittag die ganze Menschheit unterwegs zu sein. Helen und Cathy hangelten sich von Stau zu Stau.

»Wir nehmen die Küstenstraße«, meinte Helen als sie San José hinter sich hatten.

»Da ist sicher auch viel los. Lass uns doch auf dem 101 bleiben ... Der hat nicht ganz so viele Kurven«, schob Cathy hinterher.

Ihr waren die vielen Kurven reichlich egal. Sie wollte einfach nicht, dass Helen beim

Anblick der steilen Klippen von Erinnerungen eingeholt wurde.

Helen überhörte den Einwand, verließ in Salinas den Highway und fuhr Richtung Monterey.

Warum, zum Teufel, fuhr Helen stur wie ein Maulesel auf diesen Weg der hässlichen Erinnerungen? Cathy konnte sich dieses Verhalten einfach nicht erklären.

»Hältst du das für eine gute Idee?«, fragte sie zaghaft als die ersten Hinweise auf Carmel-by-the-Sea auftauchten.

»Ja«, sagte Helen trotzig.

Sie schwieg und hoffte, dass nicht noch weitere Überraschungen auf sie warteten.

Zu Cathys Erleichterung hatten sie Carmel ohne hysterische Weinattacken passiert. Jetzt noch Big Sur, dann könnte sie aufatmen.

In der Nähe der *Bixby Creek Bridge* fuhr Helen auf einen Parkplatz und hielt an.

»Lass uns einen Moment aussteigen, Cathy.«

Sie wusste sofort, dass dies hier der Platz war, an dem ihre große Schwester in ihrer Verzweiflung beinahe eine Riesendummheit begangen hätte. Ihr Herz pochte wie verrückt als sie sich neben Helen stellte.

»Ich muss dir etwas sagen, Cathy«, sagte Helen mit unnatürlich blassem Gesicht. »Nachdem ich die Geschichten über Dexter und diese Lizzie Thompson gelesen hatte, bin ich hierhergefahren, dort hinauf auf die Klippe geklettert und habe mir überlegt, ob es nicht das Einfachste wäre, einfach noch einen winzigen Schritt nach vorn zu machen ... und alles wäre vorbei. Der Schmerz, die Kränkung und auch die Wut. Einfach weg. Mit einem winzigen Schritt.«

»Helen«, flüsterte Cathy aufgewühlt, »Helen ...«

»Doch dann war plötzlich dieser Mann da ... Paul Everton, wie ich inzwischen weiß. Er ist zu mir heraufgestiegen und hat versucht mich davon zu überzeugen, dass es keinen Sinn mache, sein Leben für irgendwen oder irgendwas wegzuwerfen. Und er hat mir versprochen, dass der Schmerz weniger wird ... mit der Zeit.«

Sie hielt inne und sah Cathy mit festem Blick an. »Ich habe ihm nicht geglaubt. Trotzdem bin ich in mein Auto gestiegen und zurück nach Berkeley gefahren. Irgendwie. Hab mich dort verkrochen, euch Angst gemacht. Das tut mir sehr leid, Cathy.«

»Das werde ich Mister Everton niemals vergessen.«

»Ich auch nicht, Cathy. Denn soll ich dir etwas verraten? Er hatte recht. Er vergeht, der Schmerz ... Langsam. Aber er vergeht.«

»Ach, Helen.« Cathy umarmte ihre Schwester fest.

»Ich wollte unbedingt, dass du das weißt. Und irgendwann werde ich es auch Mom erzählen.«

»Ich bin froh, dass du mit mir hierhergefahren bist und dass du mir alles erzählt hast. Lass uns jetzt nach Hause fahren.«

»Ja, nach Hause ...«, sagte Helen versonnen und sah dabei Paul Evertons bemerkenswerte, blaue Augen vor sich.

Dass sie in den letzten Tagen stundenlang im Internet nach Informationen über ihn und sein Privatleben gesucht hat, verschwieg sie ihrer Schwester.

***

Helen Hudsons Unglück beschäftigte Paul mehr als ihm lieb war.

Es gab also tatsächlich noch andere Menschen, die mit einem solchen Verlust klarkommen mussten. Ein schwacher Trost, dachte er, und sah Helens verzweifeltes Gesicht vor sich. Blass und zitternd vor Angst, die Augen geschwollen von den vielen nutzlosen Tränen, die sie geweint haben musste.

Er konzentrierte sich wieder auf seinen Lauf. Ein Stück vor dem Pfad zum Leuchtturm drehte er um. Stur hielt er sich an die Abmachung, die er mit sich selbst abgeschlossen hatte: Nicht bis zum Leuchtturm ... vorerst.

Auch wenn er mit Erleichterung vernommen hatte, dass Helen Hudson inzwischen nach Berkeley zurückgekehrt war. Umso besser. Dann lief er auch nicht Gefahr, ihr zu begegnen.

Jetzt saß er mit einer Tasse Kaffee in der Hand an seinem Schreibtisch und schaute zufrieden aus dem Fenster.

Von diesem wundervollen Ausblick auf Strand und Pazifik würde er wohl nie genug kriegen. Es wäre ihm wirklich schwergefallen, dieses Haus, diesen Ort zu verlassen. Noch war die Leichtigkeit nicht zurück, aber er hatte Freunde gefunden, die die Erinnerung mit ihm teilten; ihn auffingen.

Gordon hatte ihm schon vor einer Weile von seinem Boot vorgeschwärmt. Sobald das Wetter es wieder zuließ, würden sie beide einen kleinen Segeltörn machen. Früher, als er noch am Lake Michigan lebte, war er im Sommer mit seiner Schwester Faith nahezu jeden Tag auf dem Wasser gewesen. Doch das war lange vorbei. Hier in Kalifornien, mit dem Ozean vor der Tür, hatte es ihn bisher noch nicht auf ein Boot gezogen. Vielleicht änderte Gordons Angebot das jetzt.

Und auch mit seinem neuen Roman ging es voran. Gestern hatte er endlich die Schwachstelle im Plot ausgemerzt und die Sackgasse, in die er geraten war, verlassen. Spät in der Nacht hatte er zu seiner Erleichterung den Schlusspunkt hinter das Kapitel setzen können. Die Zuversicht tat ihm gut.

Es klopfte zaghaft an der Tür.

Zu Gordon passt das nicht, dachte er. Gespannt ging er zur Tür, öffnete sie und bereute es im gleichen Augenblick. Helen Hudson hatte ihn von seinem Schreibtisch weggeholt. Warum hatte er sich nicht einfach stumm gestellt?

Sie sah ihn mit einem schüchternen Lächeln an. »Guten Tag, Mister Everton, schön, dass ich Sie antreffe. Ich habe es vor zwei Stunden schon einmal versucht. Gordon meinte, Sie seien am Strand unterwegs. Also habe ich bei ihm gewartet bis wir Sie vorbeilaufen sahen.« Sie verstummte.

»Miss Hudson ... mit Ihnen habe ich nicht gerechnet. Ich dachte, Sie seien zurück in Berkeley«, antwortete er kühl und blieb unhöflich in der geöffneten Tür stehen, dachte nicht im Traum daran, sie herein zu bitten.

»Mom wollte, dass wir dieses Wochenende wieder nach Hause kommen.«

»Ziemlich weite Strecke für ein paar Tage ... Kann ich etwas für Sie tun?«

Helen sah ihn mit festem Blick an. »Ich möchte mich endlich bei Ihnen bedanken ... Für Ihr Handeln in Big Sur und dafür, dass Sie mich auf Moms Feier nicht verraten haben.«

»Das war doch selbstverständlich, Miss Hudson. Schwamm drüber.«

»Cathy und Norman wissen jetzt Bescheid ... Nur Mom ist noch ahnungslos. Ihr werde ich das später erzählen.«

»Ihre Entscheidung, Miss Hudson.«

Warum ist er bloß so abweisend zu mir?, fragte sich Helen enttäuscht. Uns verbinden doch dramatische Momente ... Vielleicht hätte sie ihn nicht so einfach überfallen sollen ... Sicher hatte sie ihn bei der Arbeit gestört.

»Entschuldigen Sie, Mister Everton. Ich wollte Sie nicht stören. Ich ...« Helen machte einen überraschenden Schritt nach vorn, umarmte ihn fest, legte ihren Kopf an seine Brust und schloss die Augen.

Einen Moment hielt Paul still, dann machte er sich energisch von ihr los. »Helen, bitte ...«

Sie errötete, drehte sich abrupt um und lief davon.

Was war das denn eben? Ungehalten schloss er die Tür mit einem Knall. Warum ließ ihn diese Helen nicht einfach in Ruhe? Ihre übermäßige Dankbarkeit war fehl am Platz. Er hatte nur seine Pflicht getan. Und dass sie jetzt seine Nähe suchte ... Das würde er nicht zulassen. Er hatte weiß Gott genug von Gefühlen, die in die Irre führten.

Mist, der Tag hatte so verheißungsvoll begonnen. Und jetzt dieser Auftritt ... Hoffentlich brachte ihn das nicht wieder aus dem Rhythmus.

Wütend musste er sich eingestehen, dass sich die Erinnerung an ihre Nähe und ihren Körper nicht so einfach vertreiben ließ.

Was musste Paul Everton bloß von ihr denken?, fragte sich Helen voller Scham. Vor Kurzem hatte er sie davor bewahrt, wegen eines Mannes in die Tiefe zu springen und jetzt warf sie sich ihm an den Hals.

Aber sie kam einfach nicht gegen ihre Gefühle an. Sie musste pausenlos an ihn denken. Doch bei ihm war das offensichtlich ganz und gar nicht so ... Im Gegenteil. Er hatte sie wie einen lästigen Störenfried behandelt. Ob er immer so unfreundlich war? Warum waren dann aber alle so angetan von ihm?

***

Die Begegnung mit Helen Hudson brachte Unordnung in seinen Alltag. Keine Strandläufe. Keine Besuche bei Gordon. Keine weitere Begegnung mit ...

Es klopfte an der Tür. Verdammt. Nicht schon wieder. Wütend ging er hinüber, um zu öffnen.

»Nanu, Paul ... Warum so aufgebracht?«

»Gordon.« Er war erleichtert. »Hat nichts mit dir zu tun. Komm herein.«

Gordon folgte ihm in das lichtdurchflutete Wohnzimmer mit den hellen Möbeln und der modernen, aber überraschend gemütlichen

Couch und ließ sich dort mit einem Seufzer nieder.

»Bier kann ich dir leider nicht anbieten ... Ein Wasser?«

Gordon nickte und sah Paul nachdenklich hinterher als der in seine zum Wohnraum hin offene Küche ging. Weiß, viel Edelstahl, ein chromblitzender Kaffeeautomat ... ein paar weiße Töpfe mit Kräutern auf der Fensterbank. Kein Schnickschnack. Ein bisschen zu aufgeräumt, fand er.

Paul füllte zwei Gläser mit Wasser, teilte ein Zitronenviertel und ließ die Stücke vorsichtig in die Gläser gleiten. Dann ging er damit zu seinem Gast und setzte sich zu ihm.

»Helen Hudson war hier, stimmt's?«

»Gibt es irgendetwas in Blue Bay, von dem du nicht weißt? ... Ja, sie war hier.«

»Und dein unfreundliches Gesicht galt ihr, hab ich recht?«

»Ja. Ich habe keine Ahnung, warum sie gestern einfach so hier aufgetaucht ist.«

»Weißt du es tatsächlich nicht oder willst du es nicht wissen?« Gordon sah ihn herausfordernd an.

»Ich will es nicht wissen, Gordon, aber du wirst es mir trotzdem gleich unter die Nase reiben.«

»Mir liegt viel an dir und viel an ihr. Und ich befürchte, da braut sich etwas zusammen.«

»Und jetzt willst du mich aus alter Gewohnheit heraus wieder warnen ... Kannst du dir in diesem Fall sparen, Gordon. Ich habe kein Interesse an Helen Hudson ... Nicht das geringste ...«

»Warum regst du dich dann so auf, Paul? Frage ich jetzt mal ganz dumm.«

»Gordon, du als ehemaliger Polizist kennst doch die Fälle von emotionalen Verwerfungen zwischen Opfern, Tätern ... und Rettern. Helen ist dankbar ... das ist okay. Aber alles darüber hinaus ist inakzeptabel.«

»Ich kenne diese Geschichten, Paul. Ist schon oft tragisch ausgegangen. Und du meinst, Helen leidet jetzt unter einer ›emotionalen Verwerfung‹? ... Eine selten dämliche Bezeichnung ... so ganz nebenbei.«

»Was soll es sonst sein? Vor wenigen Wochen wollte sie nicht mehr leben, weil ihr bekloppter Verlobter sich eine andere Frau ins Bett geholt hat und jetzt schaut sie mich an, als sei ich die Erfüllung ihrer Träume ... umarmt mich ... Das passt doch nicht zusammen. Ich selbst bin weit davon entfernt, schon wieder eine andere Frau umarmen zu wollen.«

»Ich will nicht so weit gehen und behaupten, Helen sei in dich verliebt, Paul. Aber es wird darauf hinauslaufen ... Und du wirst es nicht verhindern können ... Auch wenn du noch so schroff zu ihr bist. Ich bitte dich nur, behutsam mit ihr umzugehen.«

»Warum bin ich nicht einfach meines Weges gefahren? Warum musste ich umkehren? Das habe ich nun davon.«

»Solche dummen Sprüche passen nicht zu dir, Paul. Dein Anstand und dein Mitgefühl haben dich umkehren lassen.«

»Was rätst du mir?«

»Die beiden werden morgen zurück nach Berkeley fahren und vor Selmas Geburtstag in vier Wochen nicht mehr herkommen ... Hat mir Norman erzählt. Du hast also eine Weile Zeit, dich mit dem Problem auseinander zu setzen.«

»Das werde ich tun. Versprochen.«

Nachdem Gordon gegangen war, griff er zu seinem Smartphone und wählte die Nummer seiner Schwester.

»Faith, gilt deine Einladung noch? ... Gut ... Dann würde ich gern in vier Wochen bei dir vorbeikommen.«

15

Mit Unbehagen dachte Helen noch immer an ihren Überraschungsbesuch bei Paul Everton. Wortkarg und in sich gekehrt ließ sie die Gespräche an sich vorbeiziehen.

Selma machte sich große Sorgen um ihre Tochter. Wäre es nicht doch besser, sie würde noch eine Weile hier in Blue Bay bleiben? Vielleicht ließ sich der Fachbereich auf eine zweite Auszeit ein ... Nach Matthews Tod war das problemlos möglich gewesen.

»Helen, wie wäre es, wenn du noch etwas länger bleiben würdest?«

Sie schreckte aus ihren Gedanken auf. »Hierbleiben? ... Nein, Mom, ich fahre morgen mit Cathy zurück.« Wenn sie hier bliebe hätte sie zwei Optionen: Entweder sich hier einigeln oder Gefahr laufen, Paul Everton zu begegnen. Beide Möglichkeiten waren für sie nicht sehr verlockend. Sie musste zurück in ihren Alltag, auf andere Gedanken kommen.

Selma versuchte es erneut. »Aber hier könntest du dich doch viel besser von all den unschönen Dingen erholen.«

»Lieb von dir, Mom, und danke für das Angebot. Ich fahre zurück.«

Selma gab auf. »Schade, aber wenn das für dich okay ist, dann ...«

»Es ist okay für mich. Und entbinde Cathy bitte von der Aufgabe, ständig auf mich aufpassen zu müssen. Ich komme allein zurecht. Ich möchte nicht, dass sie wegen mir noch länger ihr Studium und ihre Freunde vernachlässigt.«

Verwundert über den schroffen Tonfall, verzichtete Selma auf weitere gute Ratschläge. Helen war schon immer die Vernünftigere von beiden gewesen. Sie würde auch diesmal ihr Leben wieder in den Griff bekommen. Schweren Herzens akzeptierte sie die Entscheidung.

***

Cathy machte sich mit einem Kopf voller Gedanken auf den Weg zum Strand.

In den letzten Wochen hatte sie einige unschöne Dinge akzeptieren müssen. Besonders die Wahrheiten über ihren Vater machten ihr das Herz schwer.

War sie wirklich so blauäugig und ahnungslos gewesen? Und warum hatte ihre Schwester nie eine Andeutung gemacht? Die Antwort lag auf der Hand. Sie hätte sie einfach beiseite gewischt. Ihr Dad war doch ihr großer Held gewesen. Der machte keine Fehler.

Ihr kamen Momente in den Sinn, in denen ihre Mutter krampfhaft versucht hat, ihre

Tränen vor ihr zu verbergen; Abende an denen sie gedämpft erregte Diskussionen der beiden vernommen hatte und nach denen ihr Dad tagelang nicht nach Hause gekommen war. Jetzt fügten sich diese unschönen Erinnerungen zu einem Ganzen zusammen.

»Ach, Dad«, sagte sie leise und strich über das verwitterte Holzkreuz. »Warum kann nie alles so bleiben, wie es sein sollte? Erst du und Mom, jetzt Helen und Dexter. Warum vergeht Liebe?«

Bei ihrem letzten Besuch hier an diesem Ort, hatte auch sie Träume begraben müssen. Träume von einem Leben mit Norman Bishop. Heute kamen ihr diese Träume unwirklich, ja peinlich, vor. Hatte sie in ihm etwa einen Vaterersatz gesucht? Sie wusste es einfach nicht.

Sie nahm eine Handvoll Sand, stand auf und ließ ihn langsam zu Boden rieseln. Der Wind trug die feinen Körner davon. Alles zerrinnt; so wie der Sand in meiner Hand. Nichts scheint von Dauer zu sein.

Gedankenverloren blickte sie über die unendlich erscheinende Weite des Pazifiks, beobachtete das rasche Heranrollen der großen Wellen und den gemächlichen Zug der Wolken. Alles war in Bewegung. Ihrer aller Leben genauso wie die Natur. Es gab keinen Stillstand. Das musste sie akzeptieren.

»Hey, Cathy«, hörte sie jemanden rufen und drehte sich überrascht um.

Bradley Pearson kam auf sie zu. Sie kannte ihn schon ihr Leben lang. Er war ein netter und auch attraktiver Typ; ein guter Kumpel. Sie beide hatten in früheren Jahren mit ihrer Clique jede Menge Spaß gehabt. Aber seit sie in Berkeley lebte und studierte, fehlten ihr die Gemeinsamkeiten.

»Hey, Bradley«, sagte sie kurz angebunden.

»Über deinen Dad hört man ja tolle Geschichten. Mom hat mir erzählt ...«

»Entschuldige, Bradley, ich habe wenig Zeit ... und ich möchte mit dir nicht über meinen Vater sprechen.«

»Sorry, Cathy, war blöd von mir«, sagte Bradley zerknirscht. Warum hatte er sich diese Bemerkung nicht verkniffen? Er wusste doch nur zu gut, wie sehr Cathy an ihrem Vater hing. Er hätte sich ohrfeigen können. So würde das nie was werden. Warum war er ihr gegenüber bloß immer so unbeholfen?

»Schon gut, Bradley. Ich muss los ... packen.«

»Oh, ihr fahrt schon wieder zurück?«

Cathy nickte. »Ja, morgen.«

»Hab demnächst in San Francisco zu tun ... Wir könnten uns zu einer Pizza treffen ... Was meinst du?« Gute Lüge, dachte er zufrieden und wartete gespannt auf ihre Antwort.

»Keine Ahnung, Bradley, hab momentan viel zu tun. Melde dich einfach, wenn du da bist ... Meine Nummer hast du ja. Ich muss jetzt wirklich los ... Gruß an deine Eltern.«

Sie drehte sich um und ging davon.

Bradley sah ihr enttäuscht hinterher, bis sie hinter der Biegung verschwunden war.

Und Mom meinte, ich solle die Hoffnung nicht aufgeben. Welche Hoffnung? Cathys Verhalten jedenfalls war nicht geeignet, sich irgendwelche Hoffnungen zu machen.

Er hatte sich so darüber gefreut, sie wieder einmal zu sehen. Aber wie nach allen Begegnungen zuvor, ging er nun nicht sehr glücklich nach Hause. Im Gegenteil.

Vielleicht habe ich sie einfach nur im falschen Moment erwischt. Und meine blöde Bemerkung über ihren Vater hat sicher auch zu ihrer Reaktion beigetragen, versuchte er sich zu beschwichtigen.

***

Wie Helen befürchtet hatte, war der Test gründlich in die Hose gegangen. Jetzt wurde es eng für sie.

Statt ständig an Paul Everton zu denken, sollte ich mir lieber die Frage stellen, ob das Studium noch einen Sinn macht, dachte sie frustriert. Einen guten Abschluss konnte sie immerhin vorweisen. Und es gab keine Mildred Malone mehr, der sie unbedingt etwas beweisen musste. Karriere? Was bedeutete schon Karriere, wenn man dabei unglücklich war?

Sie begann sich auszumalen, wie es wäre, morgen in das Büro der Fakultät zu marschieren und ihre Abmeldung auf den

Tisch zu legen. Wie ginge es dann weiter? Wo würde sie danach leben? In Blue Bay? Das Hudson-Haus stand leer. Aber in Blue Bay wohnte auch Paul Everton, der unnahbare Schriftsteller.

Sie durfte nicht ungerecht sein. Schließlich hatte sie ihn nun schon zum zweiten Mal in eine unangenehme Situation gebracht. Vielleicht wurden sie ja irgendwann Freunde.

Aber war es das was sie wollte? Nein. Wenn sie ehrlich zu sich war, dann hatte sie ganz andere Wünsche und Vorstellungen was ihre Beziehung zu Paul Everton betraf.

Sie war so froh, dass ausgerechnet er sie vor einer unverzeihlichen Dummheit bewahrt hatte und nicht irgendein unsympathischer Mensch ohne jegliches Verständnis. Durch ihn hatte der Schmerz schneller als sie es jemals befürchtet hatte, abgenommen. Durch seine Andeutung, auch er hätte allen Grund auf dieser Klippe zu stehen, war er für sie zu einer Art Seelenverwandten geworden.

Und sie hatte sich in ihn verliebt.

Sie erschrak über diesen Gedanken. War das überhaupt möglich, eine Liebe zu beerdigen und kurz darauf eine neue zu fühlen? Oder verwechselte sie tatsächlich Dankbarkeit mit Liebe?

Sie schloss erschöpft die Augen. Ihr Leben war immer in geraden Bahnen verlaufen. Warum legte es ihr jetzt so viele, schier unüberwindliche Hindernisse in den Weg? Und wie sollte sie ihrer Mom und ihrer

Schwester erklären, dass ihre Gedanken und Gefühle schon seit einer Weile nicht mehr Dexter Malone gehörten, während die beiden sich noch immer solche Sorgen um sie machten?

Immer erst eine Nacht drüber schlafen, ehe du eine Entscheidung triffst, hatte ihr Dad ihr oft geraten. »Ach, Dad, offensichtlich hast du dich selbst nicht an deine Ratschläge gehalten«, sagte sie leise zu sich selbst, löschte das Licht und starrte mit weit geöffneten Augen in die Dunkelheit.

***

Paul war erleichtert. Endlich konnte er wieder unbeschwert seinen Tagesablauf aufnehmen ohne befürchten zu müssen, Helen Hudson über den Weg zu laufen.

Doch ihm war bewusst, dass er sich auf dieser Gelassenheit nicht ausruhen durfte. Vier Wochen waren schnell vorbei. Auch wenn er sich demnächst für eine Weile aus dem Staub machen würde, wäre das Problem nicht gelöst. Was käme dann? Vielleicht, so hoffte er, hatte Faith ja ein paar gute Ratschläge für ihn parat ... oder Helen Hudson hatte inzwischen erkannt, dass sie da gehörig etwas durcheinanderbrachte.

Darauf verlassen wollte er sich allerdings nicht.

***

Cathy schaute missmutig auf ihr Smartphone. Schon wieder eine Nachricht von Bradley. Warum hatte sie ihm nur vor einem Jahr ihre Nummer verraten?

Sie beschloss, ihm einfach nicht zu antworten.

Sie hatte ganz andere Sorgen. Wie es Helen wohl ging? Seit die ihr nach der Rückkehr aus Blue Bay mit Nachdruck gesagt hatte, dass sie nicht mehr jeden Abend bei ihr auf der Matte stehen müsse, hatten sie sich nicht mehr gesehen.

Von Dexter Malone und Lizzie Thompson gab es zu ihrer Erleichterung keine Neuigkeiten mehr. Wozu auch, dachte sie erbost, die ersten Berichte und Bilder hatten ja einen durchschlagenden Erfolg für diesen Mistkerl gehabt.

Arme Helen, morgen werde ich dich besuchen ... Auch wenn dir das nicht passt, dachte sie und überflog noch einmal ihr Referat.

Am nächsten Abend fand Helen ihre Schwester wieder auf den Stufen zur Eingangstür vor.

»Cathy, was soll das?«, fragte sie matt. »Wir hatten doch besprochen ...«

»Entspann dich, Helen, das war vor vier Tagen. Also, wie ist es, lässt du mich in deine Wohnung oder soll ich hier sitzenbleiben, bis du zur Vernunft gekommen bist?«

»Na, komm. Wenn du schon mal da bist.«

»Du warst schon mal freundlicher zu mir«, maulte Cathy, als sie die Treppen hinaufgingen.

»Und du warst früher unaufdringlicher, Schwesterherz«, antwortete Helen und dann lachte sie laut und umarmte Cathy. »Ich freu mich, dass du da bist. Und jetzt komm herein, du Quälgeist.«

Wider alle Erwartung wurde es ein schöner Abend. Wohl auch, weil sie alle unangenehmen Themen vermieden.

»Schade, dass ich das letzte Sommer-Barbecue verpasst habe«, meinte Helen bedauernd. »Aber ich habe so vieles verpasst in den letzten Jahren.«

»Du hast nichts verpasst. Das Barbecue war wie immer. Norman hat gegrillt, Bradley hat Gitarre gespielt, die Kinder sind ihren Frisbee-Scheiben hinterhergejagt, genau wie wir früher. Und ich ...« Sie schwieg.

»Und du?«, fragte Helen neugierig.

»... habe mich gewaltig blamiert als ich mich zu Normans Entsetzen ihm quasi an die Brust geworfen habe ... Vor allen Leuten.«

»War sicher das Highlight des Abends.« Helen lachte. »Ich hätte gern diese ominöse Linda Sinclair kennengelernt ... Sie war offensichtlich die Attraktion des letzten Sommers, wenn ich Mom und auch Gordon so reden höre.«

Cathy zuckte mit den Schultern. »Ja, möglich. Kann sein ... Keine Ahnung. Hab da nicht allzu viel mitgekriegt. Es stellte sich heraus, dass sie in Wahrheit Heather Franklin heißt und ihr Gedächtnis verloren hatte. Gordon hat sich mächtig für sie ins Zeug gelegt ... und dann war sie wieder weg.«

»Beängstigende Vorstellung ... Nicht zu wissen wer man ist und woher man kommt ... Gruselig.«

»Mmm«, sagte Cathy nur.

»Warum starrst du die ganze Zeit auf dieses blöde Handy?«

»Bradley Pearson.« Cathy rollte theatralisch die Augen.

»Dein alter Freund Bradley? ... Läuft da was?«

»Spinnst du? ... Hab ihn neulich in Blue Bay am Strand getroffen. Er hat was von einem Trip nach San Francisco und Pizza essen gefaselt. Und ich blöde Kuh meinte, er solle einfach anrufen. Und jetzt schickt er ständig Nachrichten.«

»Ist doch ein netter Kerl.«

»Ja, nett und nervig. Ich schalte das Teil jetzt aus ... Hast du schon ein Geschenk für Mom?«

»Leider nein. Eine Idee?«

»Nicht wirklich ... Es muss uns aber bald etwas einfallen. Die drei Wochen sind ruckzuck um und dann stehen wir mit leeren Händen da.«

»Wäre echt peinlich.«

176

»Wer von uns beiden fährt diesmal?«, fragte Cathy.

»Du.« Helen und freute sich diebisch über den genervten Gesichtsausdruck ihrer Schwester.

»Schön, dass du wieder lachen kannst, Schwesterherz.«

16

Bradley war traurig und tief enttäuscht. Alle Versuche, mit Cathy Kontakt aufzunehmen, waren gescheitert. Auf seine Textnachrichten reagierte sie nicht und seine Anrufe liefen ins Leere.

Er sollte einfach einsehen, dass Cathy Hudson nicht das geringste Interesse an ihm hat; egal was seine Mom ihm erzählte.

Tolles Leben, Bradley Pearson, dachte er verbittert. Sitzt hier in diesem Nest, ärgerst dich jeden Tag über die Rüffel deines Vaters und hängst noch am Rockzipfel deiner Mom, während die meisten deiner Kumpels ein Mädchen haben oder gar schon verheiratet sind.

Plötzlich war ihm alles zu eng. Blue Bay, sein Zuhause, die Werkstatt.

Draußen wartet die Welt auf mich, eine Welt ohne Cathy Hudson, dachte er trotzig. Leute wie er wurden an vielen Orten gebraucht.

Er klickte durchs Internet und blieb auf der Seite der US-Armee hängen.

***

Bradley sah seine Mutter trotzig an. »Du kannst mich nicht umstimmen, Mom.«

»Warum willst du dein Leben wegwerfen, Bradley? Warum?«

»Wie du sicher noch weißt, wollte ich schon im Sommer von hier verschwinden. Aber damals hast du mir eingeredet, alles würde gut werden. Und als du mir erzählt hast, dass Norman Bishop sich nicht für Cathy, sondern für deren Mom interessiert, habe ich tatsächlich geglaubt, ich hätte eine Chance. Es war ein Irrtum. Cathy wird mich niemals lieben, Mom. Und deshalb werde ich gehen.«

»Es gibt so viele Menschen, die unglücklich verliebt sind oder waren. Mister Everton zum Beispiel ...«

»Um Mister Everton müssen wir uns keine Sorgen machen. Der wird sicher bald wieder eine Frau finden ... Schließlich ist er ein bekannter, wohlhabender Mann.«

»Du bist noch so jung, Bradley. Auch für dich wird sich jemand finden, der dich lieb hat ... Warum muss es ausgerechnet Cathy Hudson sein?«

»Habe ich dich jemals gefragt, warum es für dich ausgerechnet Wayne Pearson sein musste?«

»Bradley ... Was soll ich darauf antworten?«

»Siehst du, Mom, es ist eine dumme Frage. Sorry. Liebe kommt einfach.«

»Du kannst doch deinen Vater nicht allein lassen. Er hat Aufträge, hat sich auf dich verlassen. Und jetzt ...«

»... muss er sich eben einen anderen Helfer suchen. Es gibt genug Leute, die einen Job brauchen.«

»Du bist sehr hart, mein Sohn. Das hat dein Vater nicht verdient ... Und ich auch nicht.«

»Es tut mir leid, Mom.«

***

Es war noch dunkel gewesen, als sie die Farm verlassen hat. Ehe sie auf leisen Sohlen davongeschlichen war, hatte sie eilig eine kurze Nachricht für Wayne auf einen Zettel gekritzelt und auf den Esstisch gelegt. Er würde sicher laut fluchen, sobald er las, wohin seine Frau heimlich, still und leise aufgebrochen ist.

Molly lehnte den Kopf zurück und starrte mit brennenden Augen durch die schmutzigen Scheiben hinaus in die Dämmerung. Am östlichen Horizont zeigte ein blassrosa Schimmer, dass der neue Tag sich unaufhaltsam auf den Weg machte.

Sie stach aus der Menge der Reisenden hervor. Gewöhnlich fuhren Leute wie sie per Auto zu ihren Zielen. Doch heute hatte sie für die weite Strecke den Bus gewählt; eine preiswerte Variante für schmale Geldbeutel. Das hatten sich sicher auch die vielen Rucksacktouristen unterschiedlichen Alters gedacht, die in Decken gehüllt auf ihren Sitzen saßen oder lagen und schliefen. Dazu gesellten sich mexikanische Saisonarbeiter. Wie sie wenigen Sprachfetzen entnahm, auf dem Weg ins *Napa Valley*, um dort die letzten Weintrauben zu ernten. Sie unterhielten sich leise. Nur selten huschte ein Lächeln über ihre ernsten, müden Gesichter.

Mittlerweile durchfuhr der *Greyhound* die atemberaubende Landschaft von Big Sur. Doch sie hatte keinen Blick für die Naturschönheiten. Erschöpft schloss sie die Augen. Es war noch ein weiter Weg bis Berkeley. Ein wahrlich weiter Weg; besonders für sie. Und mit einem Ziel, von dem sie nicht wusste, was sie dort erwarten würde.

***

Schwer atmend stieg Molly die Treppen hinauf. Vor einer der schmalen Türen in der vierten Etage blieb sie schließlich stehen, wartete einen Moment, dann klopfte sie.

»Mrs Pearson ... Sie?«

»Hallo, Cathy ... Es war nicht ganz einfach, dich zu finden.«

»Sind Sie etwa meinetwegen den weiten Weg hierhergefahren?« Cathy sah die Frau vor sich ungläubig an.

»Ja. Ich muss dringend mit dir über Bradley reden.«

»Über Bradley? Ich ... Was ...?«

»Hör zu, Cathy, mein Bradley studiert nicht hier an dieser vornehmen Universität. Er ist nur ein Zimmermann wie sein Vater. Aber er ist ein anständiger Mensch.«

»Ja, Mrs Pearson, das ist er«, stotterte Cathy verwirrt.

»Warum behandelst du ihn dann so?«

»Aber ich ... Ich verstehe nicht.«

»Er ist in dich verliebt. Aber anscheinend ist er dir nicht gut genug.«

»Bradley? ... Verliebt? ... In mich?«

»Stell dich nicht dumm, Cathy. Das wäre respektlos uns beiden gegenüber.«

»Ehrlich, Mrs Pearson, ich habe keine Ahnung ... Bitte, das müssen Sie mir glauben.«

Nach dieser Aussage löste sich Mollys Angriffsstrategie in Luft auf. Sie stand vor Cathy und wäre am liebsten im Boden versunken.

»Du hattest keine Ahnung?«, fragte sie schließlich.

»Nein. Ich schwöre ...«

»Oh, dieser Dummkopf«, sagte sie mehr zu sich selbst.

»Was ist denn mit Bradley, Mrs Pearson?«

»Er geht zur Armee ... Sobald der große Auftrag, mit dem er und sein Vater gerade beschäftigt sind, erledigt ist. Ich habe Wayne angefleht, so langsam wie nur möglich zu arbeiten, bezweifle aber, dass er sich darauf einlassen wird. Es geht um einen wichtigen Kunden, musst du wissen.«

Cathy hörte dem Redeschwall zu und langsam dämmerte ihr, warum Bradley sich im Sommer beim Strandbarbecue so seltsam benommen hat.

»Oh. Das tut mir leid, Mrs Pearson. Aber ich wüsste nicht, was ich da tun sollte.«

»Du musst mit ihm reden ... Ihn davon abbringen ...«

»Wie sollte ich ihn denn davon abbringen, wenn selbst Sie und Ihr Mann es nicht geschafft haben?«

»Mach ihm Hoffnung ... Ein klein wenig Hoffnung, Cathy.«

»Das ... Das kann ich nicht tun. Das wäre unehrlich ... Ich mag ihn, aber ich ... Ach, ich weiß nicht.«

Molly nickte resigniert. »Gut. Ich habe es versucht. Dann werde ich meinen einzigen Sohn, mein einziges Kind, an die Armee verlieren. Gott steh uns bei.«

Sie stand auf, griff mit dem letzten Rest ihrer Würde nach ihrer Jacke und ging zur Tür. Dort drehte sie sich noch einmal um und sagte traurig: »Auf Wiedersehen, Cathy.« Dann ging sie hinaus und schloss leise die Tür.

Noch Stunden später war Cathy wie betäubt. Bradley wollte zur Armee gehen, weil er sie liebt ... und sie ihn nicht? Hatte seine Mutter die Wahrheit gesagt oder griff sie in ihrer

Verzweiflung nach jedem Strohhalm, der sich ihr bot?

Wie konnte diese Frau ihr solche Schuldgefühle einreden? Was ging sie Bradley Pearson an? Sollte er doch zur Armee gehen, der Dummkopf. Ja, genau, Dummkopf. Seine Mutter hatte recht.

Nachts fand sie keinen Schlaf. Und wenn es stimmte? Wenn Bradley so hoffnungslos in sie verliebt war, wie sie vor nicht allzu langer Zeit in Norman Bishop? Hatte sie nicht auch gedacht, das Leben sei nichts mehr wert, als sie akzeptieren musste, dass Norman Bishop ihre Mutter liebt?

Sie musste mit Bradley reden. Aber nicht um ihm falsche Hoffnung zu machen, sondern um an seinen Verstand zu appellieren.

Ende der Woche würde sie mit Helen sowieso nach Blue Bay fahren. Eine gute Gelegenheit, Bradley Pearson gründlich den Kopf zu waschen.

***

Gordon fuhr langsam den schmalen Weg entlang zur Farm der Pearsons. Er wollte heute mit Wayne über die längst fällige Ausbesserung seines Verandabodens reden.

Kaum war er ausgestiegen, lief ihm Molly über den Weg. Verwundert sah er sie an. Sie schien vollkommen aufgelöst zu sein; Tränen liefen ihr übers Gesicht.

»Molly, was um Himmels Willen ist denn passiert?«

»Ach, Gordon ... Ein Unglück ... Das ist passiert.« Sie schluchzte laut.

»Komm, lass uns ins Haus gehen, und dann erzählst du mir in Ruhe alles.«

Er packte sie sanft am Arm und führte sie die zwei Stufen hinauf zur Veranda und weiter ins Haus.

»Setz dich. Und nun erzähl, warum du so verzweifelt bist.«

Molly sah ihn mit verweinten Augen an. »Mein Bradley will zur Armee gehen. Weil er die kleine Hudson liebt und keine Chance sieht. Soll ich etwa darauf warten, dass sie ihn mir durchlöchert oder zum Krüppel geschossen wieder vor die Tür legen?«

Er war einen Moment sprachlos. Dann polterte er los. »Der Junge hat wohl nicht mehr alle Sinne beisammen. Wayne hat ihm doch hoffentlich ordentlich die Leviten gelesen. Zur Armee ... So ein Schwachsinn.«

»Alle guten Worte waren vergebens. Vor einer halben Stunde ist er gefahren. Gut, dass sein Großvater das nicht mehr erlebt. Nach allem was die Pearsons schon durchgemacht haben.«

»Ja, war in den letzten Jahren vieles nicht einfach für euch.«

Molly wischte sich mit ihrem Taschentuch über die Augen. »Nachdem wir unser

Farmland verpachten mussten, dachte ich, die schweren Zeiten seien vorbei. Wenn ich daran denke, was Waynes Vorfahren alles ertragen mussten, kommt es mir vor, als liege ein Fluch auf unserer Familie.«

Sie schüttelte stumm den Kopf. »Es ist nicht mehr viel übrig von dem was Will Pearson, Waynes Großvater, in den Dreißigern aufgebaut hat. Mein Schwiegervater hat mir oft davon erzählt. Mit nichts als dem was er auf dem Leib trug und zwei kränkelnden Kindern war Will wie viele andere über die Route 66 aus Oklahoma hergekommen.«

»Aus Oklahoma? Das wusste ich nicht.« Er sah Molly betroffen an.

»Die schiere Not hat ihn von dort vertrieben. Nachdem verheerende Sandstürme sein Hab und Gut und seine geliebte Frau unter sich begruben, hat er sich von seinem letzten Geld ein klappriges Auto gekauft und sich mit einer stillen Hoffnung auf den Weg gemacht; sich eingereiht in den Strom verzweifelter Menschen, die im fernen Kalifornien das Wunder suchten.

Und nach vielen Entbehrungen war er fündig geworden. Als er am Ende seiner Kraft die Sierra Nevada überwunden und auf den grünen Streifen Land zwischen Bergen und Ozean geblickt hat, hat er gedacht, er sei im Paradies angekommen. Doch er musste recht bald erfahren, dass auch das Paradies seine Schattenseiten hat. Um seine Jungs durchfüttern zu können, fristete er viele

Jahre seines Lebens auf den Feldern reicher Grundbesitzer.«

»Das ist wirklich eine tragische Geschichte, Molly. Aber letztendlich hat er es doch zu etwas gebracht.«

»Er und seine Jungs ließen sich nicht unterkriegen und bald hatten sie das Glück auf ihrer Seite. Das Glück hieß Gwen Harris. Ihr gehörte dieses stattliche Stück Land hier. Die Witwe fand Gefallen an Will Pearson und seinen beiden Söhnen. Die kargen Jahre hatten ein Ende.«

Molly hielt kurz inne und schnäuzte sich kräftig die Nase.

»Für Waynes Vater war dieses Land heilig; ein Vermächtnis. Deshalb war es ein schwerer Schlag für ihn gewesen als sein Sohn ihm gestand, dass er nicht Farmer, sondern lieber Zimmermann sein wollte. Dann ging es mit den finanziellen Problemen los. Er hat kaum ertragen, dass in der dritten Generation das Farmland verpachtet werden musste und nur noch die unmittelbare Fläche rings ums Haus in Familienbesitz geblieben ist.

Jetzt wiederholt sich das Schicksal. Jetzt muss auch Wayne ertragen, dass sein Sohn kein Interesse mehr an seinem Betrieb hat. Wir waren überglücklich als Bradley sich dafür entschied, Zimmermann zu werden ... wie sein Vater. Und jetzt? ... Es zerreißt mir das Herz.«

Er legte mitfühlend seinen Arm um Molly. »Gib die Hoffnung nicht auf. Vielleicht überlegt er sich's auf dem Weg nach Santa Barbara noch einmal.

***

»Was ist los mit dir, Cathy? Du bist so schweigsam. Das bin ich von dir Plaudertasche gar nicht gewöhnt.«

»Probleme.«

»Und warum erzählst du mir nicht einfach, was dich so beschäftigt? Ist ganz nett, wenn es mal nicht um mich geht.«

»Ich hatte einen unangenehmen Überraschungsbesuch«, sagte Cathy.

»Bradley?«

»Nein, seine Mom.«

»Im Ernst? Molly Pearson war in Berkeley. Was in aller Welt wollte sie von dir?«

»Sie hat mir vorgeworfen, ich behandele ihren Sohn schlecht. Er sei mir wohl nicht gut genug.«

»Ich verstehe nur Bahnhof ... Doch kein Grund die vielen Meilen ...«

»Bradley sei in mich verliebt ... schon lange ... Und jetzt will der Idiot zur Armee gehen, weil er es für hoffnungslos hält.«

»Ach du grüne Neune. Und was willst du jetzt tun?«

»Mrs Pearson hat mich angefleht, ich solle ihm Hoffnung machen. Aber das kann ich nicht tun.«

»Warum verlangt sie so etwas von dir?«

»Sie und ihr Mann sind verzweifelt ... Was ich verstehen kann. Ich werde mit ihm reden; versuchen, ihn zur Vernunft zu bringen. Mehr kann ich nicht tun.«

»Und ich dachte, wir verbringen mal wieder ungestörte Tage in Blue Bay. Viel Glück, Cathy.«

Wayne hob den Kopf und schaute erstaunt auf die junge Besucherin.

»Cathy? Du?«

»Hallo, Mister Pearson. Ist Bradley da?«

Wayne schüttelte langsam den Kopf. »Nein. Er ist vor einer guten halben Stunde zur Registrierung nach Santa Barbara gefahren. Seine Mutter sitzt drüben im Haus und weint sich die Augen aus. Und ich ... Verdammt.« Er schlug mit der geballten Faust auf den dicken Holzbalken vor sich.

»Es tut mir alles sehr leid, Mister Pearson.« Sie drehte sich um und lief zu ihrem Auto.

Während der Fahrt nach Santa Barbara gingen ihr Waynes Worte durch den Kopf. Bradley hatte eine halbe Stunde Vorsprung. Hoffentlich kam sie noch rechtzeitig dort an.

Als sie auf den Parkplatz fuhr, sah sie ihn auf den Stufen vor dem Eingang sitzen. Wie ein Häufchen Elend, so kam es ihr vor.

Sie stieg aus und ging langsam auf ihn zu. Vielleicht könnte sie ihn eines Tages lieben.

Aber zuerst würde sie dafür sorgen, dass er nicht sein Leben ruinierte.

»Bradley, komm mit nach Hause«, sagte sie bestimmt und griff nach seiner Hand.

17

Als das Flugzeug beschleunigte und sich kurz darauf in den kalifornischen Himmel erhob, schloss Paul die Augen und versuchte sich vorzustellen, wie es sein würde, nach so langer Zeit nach Saint Joseph am Lake Michigan zurückzukehren.

Es überraschte ihn, wie sehr er sich auf seine Schwester freute. Und nachdem er vernommen hatte, dass seine Eltern früher als sonst zum Überwintern nach Florida abgereist waren, wusste er, dass nun eine Woche frei von jeglicher Missstimmung auf ihn wartete.

Im Lake Vista Drive hatte sich wenig verändert. Der eine oder andere Nachbar war neu, die alte Mrs Harper verstorben. Obwohl seine Schwester dem Haus inzwischen die Düsterheit genommen hatte und kaum noch etwas an früher erinnerte, beschlich ihn das beklemmende Gefühl, nie wirklich weg gewesen zu sein.

»Ist ein komisches Gefühl wieder hier zu sein, Faith. Hab mich lange davor gedrückt.«

»Ich bin froh, dass du dich endlich dazu aufgerafft hast, kleiner Bruder.« Sie sah ihn aufmerksam an. »Dad hätte sich über deine neue Frisur gefreut«, scherzte sie und strich ihm zärtlich über den Kopf.

»Ganz sicher. Wenn ich an die vielen Diskussionen denke ... Konnte ich ihm eigentlich jemals etwas recht machen?«

»Vergiss die alten Zeiten, Paul. Du bist erfolgreich deinen Weg gegangen. Ich bin so stolz auf dich. Und Dad ... der wird sich nicht mehr ändern und Mom übrigens auch nicht.«

»Wie hältst du das nur immer noch aus ... hier, so nah bei ihnen? Lassen sie dir überhaupt Luft zum Atmen?«

»Ich habe gelernt, enge Grenzen zu ziehen. Nach vielen hitzigen Diskussionen und spitzen Bemerkungen haben sie es akzeptiert. Und nachdem sie in diese Seniorenresidenz umgezogen sind, lassen sie mich weitestgehend mein Leben leben.«

»Hört sich gut an. Obwohl du beim Umbau des Hauses ein wahres Wunder vollbracht hast, ist es noch immer der Ort mit den vielen unschönen Erinnerungen. Macht es dir nichts aus, jetzt so allein hier zu leben?«

»Ich bin nicht allein, Paul.«

Er schaute sie überrascht an. »Und wo ...?«

»Du wirst sie schon noch kennenlernen«, sagte Faith und lächelte ihn verschmitzt an. »Aber diese selten gewordenen Tage möchte ich mit dir allein verbringen.«

»Sie?«

»Ja, auch das habe ich mich endlich getraut.«

Er umarmte sie fest. »Ich freue mich für dich und wünsche dir viel Glück.«

»Und du? Bist du auch glücklich, Paul Everton? Und ich rede jetzt nicht unbedingt von deinem grandiosen Erfolg.«

Er wich der Frage aus. »Verschieben wir die tiefschürfenden Gespräche auf später, Faith. Nach dem langen Flug habe ich Lust auf einen Spaziergang. Lass uns zum See gehen.«

Faith nickte zustimmend. »Und danach koche ich uns etwas Leckeres. War mir nicht sicher, ob man mit dir noch in die Öffentlichkeit gehen kann.« Sie grinste ihn an.

»Übertreib mal nicht ... Aber mir ist es tatsächlich lieber, hier gemütlich mit dir zu sitzen ... ohne den fragenden Blick ›Ist er's oder ist er's nicht?‹.«

»Ein echt hartes Leben, das du da führst.«

»Das kann man wohl sagen.« Er zwinkerte ihr zu.

»Zieh eine festere Jacke an ... und vergiss den Schal nicht ... Ist schon ziemlich frisch am Wasser ... Wir sind hier nicht im sonnigen Kalifornien.«

Am Wasser empfing sie tatsächlich ein kühler, kräftiger Wind.

Einige unerschrockene Windsurfer hielt das nicht davon ab, geschickt den heftigen Wellengang zu nutzen.

Er dachte an die vielen Stunden, die er hier mit Faith auf dem Wasser verbracht hat. Jede freie Minute hatten sie für dieses Vergnügen genutzt. Warum war er in Kalifornien, einem Mekka der Surfer, noch nicht aufs Brett gestiegen?, fragte er sich zum wiederholten Mal. Vielleicht sollte er im nächsten Sommer endlich damit anfangen.

»Manchmal vermisse ich unseren Wettstreit mit den Elementen«, sagte Faith bedauernd.

»Ging mir auch gerade durch den Kopf ... Du kannst noch immer meine Gedanken lesen. Ich muss mich in den nächsten Tagen vorsehen.«

»Früher warst du für mich wie ein offenes Buch. Aber jetzt, nach so langer Zeit, muss ich deine ›Sprache‹ wohl neu lernen.«

»Jetzt bin ich aber erleichtert«, sagte er und gab ihr einen lauten Schmatzer. »Komm, wir drehen um. Der Wind geht durch und durch. Mir scheint, die Grog-Zeit hat begonnen.«

***

Paul lag im Bett, lauschte den vertrauten und doch so fremd gewordenen Geräuschen. Das Ächzen der alten Bäume hinter dem Haus, Hundegebell, der Verkehr auf dem nahen Lakeshore Drive, das Tuten der Schiffe, die durch den Kanal Richtung See fuhren.

Faith hatte ihnen am Abend zu seiner Freude einen selten gewordenen Seesaibling serviert. Früher, als sie Kinder waren, gab es reichlich davon im Lake Michigan. Doch die jahrzehntelange Überfischung hatte auch hier der Natur ein schmerzhaftes Schnippchen geschlagen.

Uns fehlt bei so vielen Dingen einfach das vernünftige Maß, dachte er bedauernd.

Und plötzlich verspürte er eine stille Sehnsucht nach seinem Strandhaus. Er vermisste die salzige Luft, das Donnern des Pazifiks, das Zirpen der Zikaden, den Strand ... Gordon ... So vieles ging ihm durch den Kopf.

Nach zwei Stunden gab er den Versuch, einzuschlafen, auf. Er rückte sich die großen Kissen zurecht und klappte seinen Laptop auf.

Vielleicht hat dieses »Schlaflos am Lake Michigan« außer grübeln noch einen anderen Sinn, dachte er matt und versuchte sich am Fortgang des Kapitels. Es wollte ihm nicht so recht gelingen. Der lange Tag hatte seinen Geist träge gemacht.

Also ging er hinunter in die Küche, goss sich ein Glas Wein ein und machte es sich auf der Couch gemütlich. Beim Zappen durch die zahllosen TV-Sender, blieb er schließlich bei einer Dokumentation über den *Ring of Kerry* hängen.

Vielleicht liefert mir diese Sendung ein paar wichtige Informationen für meinen neuen

Roman, dachte er zufrieden. Dann wäre das hier nicht nur Zeitverschwendung.

Gegen Morgen kam er wieder zu sich. Draußen vor dem Fenster dämmerte der neue Tag und auf dem Bildschirm war nur noch ein flimmerndes, graues Nichts zu sehen.

Ihm war kalt und er brauchte dringend noch eine Mütze Schlaf. Auf Zehenspitzen schlich er die Treppe hinauf zu seinem Zimmer, schlüpfte unter die Bettdecke und schlief auf der Stelle ein.

Es war schon später Vormittag als er aufwachte. Er wunderte sich über die Stille im Haus. Ob Faith Rücksicht auf ihn nahm? Dabei hatte er sich doch vorgenommen, ihren Alltag nicht zu beeinträchtigen.

Doch als er mit schlechtem Gewissen nach unten kam, fand er an Stelle seiner Schwester auf dem Esstisch nur eine Notiz von ihr: *Guten Morgen, Langschläfer. Bin zum Einkaufen gefahren und schaue anschließend im Büro vorbei. Mom und Dad haben angerufen. Sie sind sauer, weil sie dich verpasst haben. Bin bald zurück.*

Er nahm eine Tasse aus dem Schrank und schenkte sich Kaffee ein. Er war stark und noch heiß; wie er ihn mochte. Im Backofen stand ein Teller mit Pancakes, deren Duft ihn prompt in seine Kindheit versetzte. Voller Vorfreude übergoss er sie mit Ahornsirup, ließ sich damit auf der Couch nieder und legte die Beine hoch. Heute durfte er das tun;

niemand würde ihn dafür rügen oder schmerzhaft an den Ohren ziehen. Seine Eltern waren weit weg.

***

Am Nachmittag braute sich über dem See ein Sturm zusammen. Im Gepäck dicke Wolken, aus denen es bald wie aus Kübeln goss. Die Bäume im Garten wurden ordentlich durchgerüttelt und die letzten bunten Blätter wirbelten durch die Luft.

Paul hatte es noch rechtzeitig von seinem Besuch auf dem Friedhof nach Hause geschafft. Nun war er froh in einem trockenen, gemütlichen Haus zu sitzen. Wie gut es uns doch geht, dachte er zufrieden, als er nach seinem Laptop griff. Vielleicht hatte ihn der Besuch am Grab seiner ehemaligen Lehrerin inspiriert.

»Stör ich?« Faith sah ihn fragend an.

»Nein. Komm, setz dich zu mir. Du warst lange weg.«

»Im Büro gab es Probleme. Wie war dein Tag?«

»Ich war am Grab von Mrs Vanderbilt. Ohne sie hätte ich diesen Weg nicht eingeschlagen. Sie hat mich immer ermutigt. Ich verdanke ihr viel.«

»Und, wurdest du von Groupies belästigt?«

»Du kennst doch die Leute hier. Denen ist es egal, ob einer berühmt ist. Für die zählen andere Werte.«

»Bei der letzten Wahl haben sie leider auf diese Werte gepfiffen, lieber Bruder.«

»War wohl einigen nicht klar, was sie mit ihrem Protest anrichten.«

»Schwacher Trost für alle, die das jetzt ausbaden müssen.«

»Stimmt.«

»Ich habe natürlich dein neues Buch gelesen«. Faith sah ihn aufmerksam an. »Ist es autobiografisch?«

Er überlegte einen Moment. »Zum Teil.«

»Deine Protagonistin, diese Linda, gab es also wirklich.«

»Ja.«

»Magst du darüber reden?«

»Nicht wirklich ... Es fällt mir noch immer schwer; reißt so viele Wunden auf. Aber gut ... Eines Tages war sie da; in meiner unmittelbaren Nachbarschaft. Sehr scheu und sehr schön. Ich habe mich sofort in sie verliebt ... obwohl ich nichts von ihr wusste. Und sie ... Für eine Weile hatte ich das Gefühl, dass auch sie mich liebt.«

»Was ist schiefgegangen?«

»Da du *Linda* gelesen hast, weißt du im Prinzip schon alles. Irgendwann hat sie Gordon, einem Nachbarn und Freund, gestanden, dass sie weder wisse woher sie komme, noch wer sie sei. Als ehemaliger Polizist hatte er den richtigen Riecher und ist dem Geheimnis auf die Spur gekommen. Er hat mich von Anfang an davor gewarnt, mich in diese Frau zu verlieben ... Ich habe seinen

Rat in den Wind geschlagen und bin auf die Nase gefallen.«

»Du hattest keine Chance?«

»Nein. Heather Franklin, wie ihr richtiger Name ist, hat einen Verlobten. Parker Bennett. Gordon hat ihn und ihren Bruder aus Baltimore geholt ... Es kam zu einer unschönen Szene.« Er rieb sich wie zur Erinnerung das Kinn.

»Habt ihr euch etwa geprügelt, oder wie soll ich diese Geste deuten?«

»Ich war mit ihr am Strand unterwegs, Bennett kam auf uns zugestürmt und hat mir einen ordentlichen Kinnhaken verpasst. Sie hatte keine Ahnung, wer uns da attackiert und war vollkommen aufgelöst. In diesem Moment hatte ich noch Hoffnung und vermutlich auch Chancen. Aber Gordon bat mich, ihr zuliebe das Feld zu räumen. Auch um ihrem Bruder die Möglichkeit zu geben, ihr Gedächtnis in die richtigen Bahnen zu lenken. Und so kam es dann auch.«

»Armer Paul«, sagte Faith voller Mitgefühl.

»Als ich aus San Francisco zurückkam, waren die Würfel gefallen. Linda war nun endgültig wieder Heather und ich somit aus dem Rennen. Ich werde wohl nie mehr den Moment vergessen, als ich nach meiner Rückkehr am Strand stand und sie mit wehenden Haaren zu Gordon laufen sah ... Bennett war dort einquartiert.«

»Die Schlussszene in deinem Buch ...«

»Ja. Ich habe mich zuvor lange geweigert, dem Buch ein Ende zu geben ... weil die alte Tante ›Hoffnung‹ sich einfach nicht vertreiben ließ. Aber in diesem Augenblick wusste ich, dass ich sie verloren habe.«

»Und dann ...«

»... bin ich wochenlang durchs Land getourt und habe den Leuten meine Geschichte verkauft. Ich hasse diese Lesereisen, aber Hauptsache weg von Blue Bay. Ich wusste lange nicht, ob ich jemals wieder dorthin zurückgehen könnte.«

»Verstehe. Aber offensichtlich hast du es geschafft.«

»Mit etwas Hilfe ...«

Faith sah ihn neugierig an. »Diese Heather?«

Er nickte. »Boston war die letzte Station. Nach der Lesung stand sie plötzlich vor mir. Es war ... Ach, frag nicht. Sie hat mich aufgefordert endlich nach Hause zu fahren. Dort würden Freunde auf mich warten.«

»Und sonst?«

»Es gab nichts zu erklären ... und nichts zu verzeihen, Faith.«

»Es tut mir so leid für dich.«

»Jetzt haben wir genug über meine Gemütslage geredet. Jetzt bist du dran ... Wer ist ›Sie‹?«

»Die Kurzfassung: Marge Brendon ist fünfundvierzig, lehrt an der *School of Art & Design* in Ann Arber ... und ich liebe sie.«

»Wie habt ihr euch kennengelernt?«

»Zufall. Sie ist in unser Büro im Jachthafen gerauscht und wollte ein Boot mieten. Ich fand sie ziemlich hochnäsig ... aber sehr attraktiv.«

»Und wie ich dich so kenne, hast du erst einmal sämtliche Dokumente von ihr gefordert. Einfach ein Boot mieten, wo kämen wir denn da hin?« Er grinste.

»So in etwa. Es hat ihr überhaupt nicht in den Kram gepasst. Sie musste sich die Papiere mailen lassen ... Aber durch dieses kleine Scharmützel bin ich ihr im Gedächtnis geblieben. Doktor Brendon kam von da an oft an den Lake Michigan.«

»Ich freue mich für dich. Wenigstens eine in der Familie, die offenbar sehr glücklich ist.«

»Das wird noch, Bruderherz.«

»Mein Bedarf ist gedeckt.«

»Irgendwann ...«

»Da gibt es noch etwas, das ich dir erzählen will.«

Faith sah ihn überrascht an. »Eine neue Frau?«

»Ich bin sehr froh, wieder einmal hier bei dir zu sein, Faith. Aber mein Besuch ist nicht ganz freiwillig. Um ehrlich zu sein, ich bin schon wieder davongelaufen.«

»Ach, ich bin also nur der bequeme Hafen für Flüchtende. Danke vielmals.«

»Ich wollte dich nicht kränken.«

Faith strich ihm zärtlich über den Arm. »Es war ein Scherz. Was auch immer dich hergetrieben hat, ich freue mich riesig. Erzähl ...«

»Auf einer Fahrt durch Big Sur habe ich eine junge Frau von einer Klippe geholt. Wie ich später erfuhr, hatte sich ihr Verlobter von ihr getrennt ... Wäre soweit alles okay. Nach dieser bescheuerten Aktion sind wir unserer Wege gegangen. Dann musste ich realisieren, dass ihre Mutter zufällig zu meinem Bekanntenkreis in Blue Bay zählt. Also nichts mit ›Aus den Augen, aus dem Sinn‹. Um es kurz zu machen: Helen, so heißt die Frau, sucht meine Nähe.«

»Sie ist dankbar.«

»Gegen Dankbarkeit hätte ich nichts einzuwenden. Aber ihr Verhalten deutet in eine andere Richtung.«

»Du meinst, sie hat sich in dich verliebt?«

»Sieht so aus. Du kennst doch auch die gar nicht so seltenen Symptome, die sich in Ausnahmesituationen entwickeln können. Sie bildet sich da etwas ein ... Und ich werde mich auf keinen Fall auf dieses Spiel einlassen.«

»Dann sag ihr das doch einfach klipp und klar.«

»Es ist kompliziert.«

»Empfindest du doch etwas für sie?«

Er schwieg lange. »Ich habe den Schmerz und die Enttäuschung noch nicht überwunden ... Ach, keine Ahnung. Vielleicht ist es einfach die Sehnsucht nach etwas, das zu mir gehört und bleibt.« Er zuckte resigniert mit den Schultern.

»Paul, du wurdest verletzt und das tut lange weh ... Aber du musst dich davon frei machen; musst dein Herz ... und deinen Geist für Neues öffnen.«

»Es käme mir wie ein Verrat vor.«

»Blödsinn. Diese Heather ist zu ihrem Verlobten zurückgekehrt. Du verrätst weder sie noch dich.«

»Mein Verstand sagt mir das auch. Aber ... Nein, ich kann und will mich nicht darauf einlassen.«

»Du solltest gründlich darüber nachdenken, ehe du's so kategorisch ablehnst.«

»Faith, du weißt doch selbst, dass es nicht guttut und nicht gut ist, wenn man sich auf etwas Neues einlässt, obwohl die alten Geschichten noch nicht verarbeitet sind. Das geht meistens schief. Und diese Helen wurde tief verletzt, so wie ich auch ... Es ist nicht sehr schlau, wenn sich ausgerechnet zwei derartige Menschen zusammentun.«

»Ratschläge sind nicht immer sinnvoll ... und auch nicht immer erwünscht.«

»Deine schon, Faith.«

»Sieh's gelassener. Nichts drängt dich ... weder zu Gefühlen noch in eine Beziehung. Und vielleicht hat Helen inzwischen für sich geklärt, was sie in dir sieht: Retter oder neue Liebe.

Du solltest offen sein für beide Optionen. Und wenn es wirklich Liebe ist, dann solltest du dich uneingeschränkt darauf einlassen, dich freuen. Man bekommt nicht allzu viele Chance im Leben.«

18

Griffin war es zuwider, ausgerechnet einen Ratschlag Gordon Coopers, eines in seinen Augen aufdringlichen Besserwissers, in die Tat umzusetzen.

Aber nachdem er noch einmal ausführlich die Akte »Hudson« studiert hatte, war er selbst zu der Einsicht gekommen, dass die schöne Witwe wohl eher ahnungslos statt mitschuldig war.

Die Zeit lief ihm davon. Sein Chief Detective plädierte dafür, den Fall zu den Akten zu legen. Erst gestern hatte er ihm einmal mehr mit Nachdruck zu verstehen gegeben, dass aktuelle Fälle mit noch heißen Spuren Vorrang hätten.

Mag so sein, hatte er starrköpfig gedacht, aber erst, wenn dieser angebliche Unfall geklärt war. Er hatte einfach schon zu viel Zeit in diesen Fall investiert. Er verachtete Zeitverschwendung.

Nachdem er seine sämtlichen Informanten im Raum Santa Barbara abgeklappert und noch einmal den auskunftsfreudigen Geschäftspartner Matthew Hudsons befragt hatte, kannte er einige bevorzugte Orte der von ihm so dringend gesuchten Dame.

Seine Geduld wurde auf eine harte Probe gestellt. Nach einer Woche vergeblicher Observation wollte er enttäuscht aufgeben. Doch dann tauchte Cynthia Logan spätabends endlich unter dem flackernden, blauen Transparent von *Monty's Sports Bar* in der Hollister Avenue auf.

Freudig erregt folgte er ihr. Sie sah ungepflegt und müde aus. Die Absätze ihrer Stiefletten waren abgewetzt, die karierte Hemdbluse, die sie zu schwarzen Leggins trug, zerknittert. Der dunkle Haaransatz an Stirn und Scheitel zeigte deutlich, dass blond nicht ihre Naturfarbe ist.

Sie ließ sich an der Bar eine Flasche *Heineken* geben und ging damit in einen Nebenraum, wo an einem Billardtisch Freunde auf sie warteten.

Beim Anblick dieser wild aussehenden, muskelbepackten Truppe fiel es ihm schwer, gelassen zu bleiben.

Angespannt setzte er sich an den Tresen, nippte, argwöhnisch beäugt von der drallen, verlebt aussehenden Bedienung, an einem Club Soda und ließ dabei den Nebenschauplatz nicht aus den Augen.

Schließlich schob er sich vom Hocker und ging geradewegs auf die Frau, von der er sich endlich Klarheit erhoffte, zu.

»Cynthia Logan?«, fragte er.

Sie sah ihn überrascht an. »Kennen wir uns?«

»Detective Griffin, Santa Barbara Police Department. Wir hatten kurz das Vergnügen.« Er zückte seine Dienstmarke und hielt sie ihr hin. »Ich habe ein paar Fragen an Sie ... Darf ich bitten?« Er deutete unmissverständlich zur Ausgangstür.

Mit Sorge registrierte er, dass ihre Bekannten spontan einen Halbkreis um sie beide bildeten. Für einen Moment beschlich ihn ein ungutes Gefühl. Dann sagte Cynthia Logan zu seiner Erleichterung: »Okay ... Jungs, wartet hier auf mich. Bin bald zurück.«

Heilfroh über den glimpflichen Ausgang, begleitete er sie aus der Bar zu seinem Wagen.

***

Gegen Morgen waren sie beide erschöpft. Die unzähligen Tassen Kaffee, die Griffin in den vergangenen Stunden konsumiert hatte, zeigten keine Wirkung mehr, strapazierten aber stattdessen seine Blase. Doch er wollte der Frau vor sich keine Verschnaufpause gönnen.

Cynthia Logan hatte mittlerweile pochende Kopfschmerzen, ihre Augen brannten vor Müdigkeit. Sie war erschöpft, aber dieser aufdringliche Kerl ließ einfach nicht locker.

»Die Beweise sind erdrückend«, hörte sie Griffin sagen. »Besser Sie machen jetzt reinen Tisch ... Das kann sich strafmildernd auf das Urteil auswirken. Also, noch einmal von vorn. Sie waren mit Matthew Hudson am Strand. Sie haben sich gestritten ...«

Cynthia Logan ahnte, dass sie wohl verloren hat. Warum war sie nur zu dieser Selma Hudson gefahren, um sich Nachschub zu besorgen?

Die Antwort war ernüchternd. Das unverhoffte Geld hatte sie bequem gemacht. Sie wollte sich nicht mehr abmühen ... So wie früher. Und diese Bequemlichkeit hat ihr nun das Genick gebrochen. Ihr Lügengebäude war eingestürzt.

Und wie so oft in den vergangenen Jahren, hatte sie die Geschehnisse dieses verhängnisvollen Abends vor Augen.

Sie waren an den Strand gefahren. Matthew wollte noch einmal einen Blick auf den Pazifik werfen; dieser sentimentale Schwachkopf. Dann war alles außer Kontrolle geraten. Ihr Streit ... Die bösen Worte ... Seine Grobheit. Und dann lag Matthew plötzlich da und rührte sich nicht mehr ... Das viele Blut. Sie erschauderte.

Zum Glück hatte sich ihr während des folgenden Trubels eine Gelegenheit geboten, klammheimlich mit dem Koffer zu verschwinden.

Es hätte so schön werden können. Mit ihm ... in der Karibik. Warum war sie nur auf diese dumme Idee mit dem Kind gekommen? Er hatte sich doch schon für sie entschieden.

»Ich freue mich so auf das gemeinsame Leben mit dir ... und unserem Kind, Matthew.«

»Kind? Welches Kind?« Er starrte sie verblüfft an.

»Ich bin schwanger, Schatz. Ist das nicht wundervoll?«

»Lass diese blöden Witze, Cynthia.«

»Ich dachte, du freust dich ...« Sie zog einen Schmollmund und drückte sich an ihn.

Er schob sie grob von sich.

»Was hast du denn?«

»Was bin ich doch für ein verdammter Idiot«, brach es aus ihm heraus. »Jetzt hab ich's endlich kapiert.« Außer sich vor Zorn ging er ihr an die Kehle. »Und für dich durchtriebenes Miststück habe ich gerade meine Frau ... meine Kinder verlassen.«

»Da lag da dieser große Stein«, sagte Cynthia Logan leise und schloss die Augen.

Griffin unterdrückte einen triumphierenden Jauchzer und lehnte sich stattdessen zufrieden zurück. Seine Hartnäckigkeit hatte sich ausgezahlt. Der Fall war so gut wie gelöst. Für eine Mordanklage würde es vermutlich nicht reichen, aber auch für Totschlag gab es ein paar saftige Jährchen. Jetzt fehlte nur noch eine plausible Antwort über den Verbleib des Geldes.

»Wo ist das Geld?«

»Weg.«

»Weg? Zwei Millionen ... Einfach weg? ... In gerade mal vier Jahren?« Er war sprachlos.

»Ich hatte Schulden ... Musste neugierige Plappermäuler stopfen ... Vom Rest habe ich mir ein bescheidenes Häuschen in Montesito gekauft.«

»Und das Kind?«

»Ich war nie schwanger.«

»Sie waren nicht schwanger?« Er rang um Fassung. »Und wenn Hudson anders reagiert hätte ... sich gefreut hätte? Wie hätten Sie ihm das erklärt?«

Sie zuckte mit der Schulter. »Fehlgeburten sind gar nicht so selten.«

***

Norman Bishop hatte die halbe Nacht vor Aufregung wachgelegen und überlegt, ob heute wirklich der richtige Tag für die entscheidende Frage wäre.

Heute war Selmas siebenundvierzigster Geburtstag, ihre Töchter waren zu Besuch und sie hatte Freunde zum Abendessen eingeladen. Der Moment fühlte sich richtig an.

Doch er hatte schon vor einer Weile entschieden, ihr die Frage unter vier Augen zu stellen. Sie sollte sich nicht unter Druck gesetzt fühlen.

Selma war so glücklich, ihre Töchter bei sich zu haben. Und sie war dankbar, dass die Missstimmung zwischen ihr und Cathy überwunden war.

Nur Helen machte ihr nach wie vor Kummer. Still und in sich gekehrt saß sie am Tisch, beteiligte sich kaum an den Gesprächen.

Einen solchen Verlust überwindet man nicht von heute auf morgen, dachte sie mitfühlend. Aber Helen sollte endlich wieder mehr Lebensmut fassen. Sie nahm sich vor, noch einmal mit ihr zu reden.

Ihr Smartphone läutete. Vielleicht erste Gratulanten, überlegte sie und meldete sich.

»Detective Griffin, guten Morgen, Mrs Hudson. Haben Sie einen Moment Zeit für mich?«

»Guten Tag, Detective«, sagte sie frostig, »welche Überraschungen haben Sie heute für mich auf Lager?«

Norman stand auf und legte den Arm schützend um sie. Ihre Töchter sahen sie aufmerksam an.

»Ich habe tatsächlich eine Überraschung für Sie, Mrs Hudson. Es ist vorbei.«

»Vorbei? ... Ich verstehe nicht. Was ist vorbei?, Detective. Werden Sie deutlicher.«

»Meine Hartnäckigkeit hat sich nun ausgezahlt. Gestern Abend habe ich Cynthia Logan aufgegriffen und befragt. Sie hat gestanden, Ihren Mann während eines heftigen Streits mit einem großen Stein erschlagen zu haben.«

Selma wurde kreidebleich. »Sie hat gestanden?«, wiederholte sie tonlos.

»Ja, das hat sie. Das Geld ist leider weg. Verbraucht, sagt sie ... Machen Sie sich da bitte keine Hoffnung.«

»Das Geld ist mir vollkommen egal ... Was ist passiert?«

»Es kam wohl zu einem heftigen Streit.«

»Warum Streit? Sie hatte doch gewonnen. Er hatte mich und die Kinder doch verlassen ... für sie.«

»Sie hat den Bogen überspannt, Mrs Hudson ... In diesem Zusammenhang würde mich noch interessieren, warum Ihr verstorbener Mann derart wütend auf die Nachricht von einer Schwangerschaft reagierte?«

»Oh, sie hat ihm erzählt, sie sei schwanger ... von ihm?«

»Ja. Und daraufhin sei er ihr an die Kehle gegangen. Klären Sie mich auf. Dieses Puzzleteil fehlt mir noch.«

»Er hat sich nach der Geburt unserer zweiten Tochter ohne mein Wissen sterilisieren lassen.«

Cathy zuckte bei diesen Worten zusammen. Welche unschönen Wahrheiten würde sie wohl noch erfahren und aushalten müssen?, dachte sie bekümmert.

»Das nenne ich ein klassisches Eigentor«, sagte Griffin trocken.

212

»Kann man so sagen. War's das jetzt, Detective Griffin?«

Griffin entging die Ablehnung in Selma Hudsons Stimme nicht. Und er konnte ihren Unmut gut verstehen. Schließlich hatte er ihr Einiges zugemutet.

»Ja, das war's jetzt, Mrs Hudson. Es tut mir leid, dass ich Ihnen diese Scherereien gemacht habe. Ist nun mal mein Job. Ihnen alles Gute und Gruß an Mister Bishop. Auf Wiedersehen.« Er beendete das Gespräch ohne eine Antwort abzuwarten.

Selma legte ihr Smartphone zu Seite und murmelte: »Auf Nimmerwiedersehen, Detective Griffin.« Dann drehte sie sich um und lächelte. »Norman, hol doch bitte eine Flasche Prosecco aus dem Kühlschrank. Wir haben einen triftigen Grund, schon am Morgen anzustoßen. Es ist endlich vorbei.«

***

Cathy und Helen waren zu einem Spaziergang aufgebrochen, Selma in der Küche mit Vorbereitungen beschäftigt.

Norman hatte sich auf die Veranda zurückgezogen. Er brauchte einen Moment für sich.

Griffins Anruf hatte ihn aufgewühlt. Auch für ihn persönlich bedeutete die Lösung des Falls viel. Damit war auch der Verdacht gegen ihn ausgeräumt. Jetzt war wirklich der perfekte Moment.

Er stand entschlossen auf, ging an seinen Schreibtisch und holte den Ring hervor. Dann ging er zu Selma, der Liebe seines Lebens, nahm ihre Hand und sah sie ernst an.

»Ich kann dir keine Reichtümer bieten, nur meine aufrichtige Liebe, Treue und Wertschätzung.«

»Norman ... Was soll das werden?« Selma sah ihn mit großen Augen an.

»Willst du mich heiraten, Selma ... Meinen Namen tragen und Matthew Hudson endlich hinter dir lassen?«

»Ja, ich will, Norman Bishop«, sagte Selma ohne zu zögern und zu seiner großen Überraschung.

»Ich kann dir nicht sagen, wie erleichtert ich bin ... Ich war auf eine längere Diskussion vorbereitet.« Er lachte laut. Dann nahm er ihre Hand, steckte ihr den Ring an den Finger und küsste sie innig.

Helen fiel der Ring sofort auf. »Mom, der Ring. Ist es das, was ich denke?«

Selma nickte strahlend. »Ja, Helen, Norman hat mich gefragt und ich habe Ja gesagt.«

»Ich freue mich für dich. Du hast es verdient, wieder glücklich zu sein.« Helen hielt ihre Mutter ganz fest.

Cathy kam ins Zimmer. »Was ist passiert? Hoffentlich keine neuen Katastrophen.«

»Im Gegenteil. Norman hat Mom einen Antrag gemacht und sie hat Ja gesagt. Du kannst der Braut gratulieren.«

»Oh«, sagte Cathy leise. Dann umarmte sie ihre Mutter auch. »Alles Gute für euch, Mom. Ich freue mich für dich ... wirklich.«

Selma konnte die Tränen nicht zurückhalten. »Danke Cathy. Ich bin so froh, dass alles wieder gut ist zwischen uns beiden.«

»Schnee von gestern. Es war eine kindische Einbildung. Vergessen und vorbei ... endgültig.«

»Lasst uns den Tisch decken. Die Gäste kommen bald.«

»Gäste? Ich dachte, nur Gordon ...«

»Ich habe auch Paul Everton eingeladen. Es ist nicht gut, wenn er immer so allein in seinem Strandhaus sitzt. Gordon und wir haben entschieden, ein Auge auf ihn zu haben.«

Helen war wie vor den Kopf geschlagen. Damit hatte sie nicht gerechnet. Dann wurde sie von einer freudigen Erregung erfasst. Paul Everton würde den Abend mit ihnen verbringen.

Aufgeregt hielt sie nach Gordons Wagen Ausschau. Sie hatte Herzklopfen. Wie würde sich Paul Everton heute ihr gegenüber verhalten?

Doch dann erlebte sie eine herbe Enttäuschung.

»Gordon, wo hast du Paul gelassen?«, fragte Selma zwei Stunden später ihren Freund.

»Der ist für ein paar Tage zu seiner Schwester nach Michigan geflogen. Ich soll dich von ihm grüßen. Er wünscht dir alles Gute.«

Er geht mir aus dem Weg, wurde Helen bewusst. Sie konnte ihre Traurigkeit kaum verbergen.

19

Helen plagten Gewissensbisse. Alle um sie herum waren in Feierlaune. Nur ihr war das Herz schwer. Dabei gab es gute Gründe für ausgelassene Freude. Schon lange hatte sie ihre Mutter nicht mehr so glücklich gesehen. Selbst Cathy wirkte zufrieden, lachte unbeschwert, obwohl sie Mrs Pearsons Besuch noch nicht verdaut hatte.

Verstohlen sah sie hinüber zu Gordon. Der hatte sich zur Feier des Tages fein gemacht, trug ein weißes Hemd und ein Jackett. Nur die obligatorische Jeans war ein unverwechselbares Zeichen, dass der Mann, der gerade in Erinnerungen schwelgte, Gordon Cooper war.

Sie mochte ihn sehr. Seit sie denken konnte, gehörte er quasi zur Familie. Dass er ihrer Mutter auch in dunkelsten Zeiten stets ein verlässlicher Freund war, rechnete sie ihm hoch an. Und obwohl es jetzt Norman Bishop gab, würde das an seinem Verhalten ganz sicher nichts ändern. Wenn sie recht überlegte, galt seine Fürsorge stets auch Cathy und ihr.

Sollte sie ihn fragen, warum Paul Everton so überraschend nach Michigan geflogen ist? Aber wie sollte sie ihre Neugierde erklären?

Gordons Fähigkeit, schnell zu kombinieren und zielsicher die richtigen Schlüsse zu ziehen, durfte sie nicht unterschätzen. Schnell käme er hinter ihr Geheimnis.

»Helen, du bist heute so schweigsam.« Gordon sah sie aufmerksam an.

Sie schreckte auf. Wusste ich's doch, dachte sie. Vor ihm lässt sich nichts verbergen. Nun gut, vielleicht war jetzt die Gelegenheit, wenigstens über ihr Studium mit ihm zu reden.

»Sorry. Ich habe zu viele Dinge im Kopf.«

»Magst du reden? Ich höre dir zu.«

Ihre Mutter stand gerade auf und verließ das Zimmer. Eine günstige Gelegenheit, auf Gordons Angebot einzugehen. Sie fasste sich ein Herz. »Ich überlege, mein Studium abzubrechen.«

Gordon sah sie überrascht an. »Das muss wahrlich gut überlegt sein. Gründe?«

»Ich bin im Rückstand, habe den letzten Test total verhauen ... Im Grunde genommen macht es mir schon lange keinen Spaß mehr.«

»Na ja, Spaß ist zwar wichtig, hat aber nicht die oberste Priorität. Überleg dir das gut, Helen.«

»Ich sehe keinen wirklichen Sinn mehr darin. Eigentlich habe ich nur Dad zuliebe dieses Zweitstudium begonnen.

»Mit einem Master hättest du sicher bessere Chancen.«

»Dad und ich haben immer davon geträumt, die Firma einmal gemeinsam zu führen ... Diese Traumblase ist ja schon vor einiger Zeit geplatzt. Außerdem würde es Moms Geldbeutel entlasten. Berkeley ist ein teures Pflaster.«

»Hast du schon mit ihr darüber gesprochen?«

Helen schüttelte den Kopf. »Es war noch nicht die passende Gelegenheit dazu. Aber ich werde es nicht auf die lange Bank schieben. Versprochen.«

»Gut.«

»Gordon, was ich dich noch fragen wollte ...« Helen verstummte; ihre Mutter kam mit neuen Köstlichkeiten zurück.

»Ja ... Was wolltest du fragen, Helen? Nur zu ...«

»Später«, flüsterte sie und wandte sich von ihm ab. »Mom, willst du uns mästen?«, fragte sie stattdessen ihre Mutter und lachte unnatürlich laut.

Das klingt ganz und gar nicht nach Helen, dachte Gordon besorgt. Irgendetwas treibt das Mädchen um. Und es ist ganz sicher nicht nur das Studium. Ob sie noch immer diesem Windhund Dexter hinterher trauert?

Er hatte keine Gelegenheit, sich noch länger darüber Gedanken zu machen. Denn es bahnte sich eine weitere Überraschung an.

Norman erhob sich mit dem Glas in der Hand. Er und Selma sahen sich einen Moment schweigend an, dann nickte sie ihm mit einem Lächeln im Gesicht aufmunternd zu.

»Ich bin weder ein Meister, noch ein Freund großer Worte. Aber heute gibt es einen triftigen Grund, diese Scheu für einen Augenblick abzulegen. Hinter uns allen liegen aufregende Wochen, die uns nicht nur Freude bereitet haben. Doch nun haben sich viele Dinge geklärt, sich zum Guten gewendet. Nicht alle, aber viele.«

Er räusperte sich. »Heute wurde Selma, pünktlich zu ihrem Geburtstag, eine große Last von den Schultern genommen.« Er sah Gordon an. »Detective Griffin hat uns mitgeteilt, dass er nun für immer aus unserem Leben verschwinden wird.«

Gordon horchte auf. »Verschwinden? Wie das?«

»Du hattest den richtigen Riecher, mein Freund ... wie schon so oft. Er hat sich deinen Rat zu Herzen genommen, Cynthia Logan aufgetrieben und sie durch die Mangel gedreht ... Sie hat gestanden.«

»Donnerwetter. Wenn das keine guten Nachrichten sind.« Gordon lehnte sich zufrieden zurück.

»Wir seien nun von jeglichem Verdacht befreit, meinte er auf seine unverwechselbare Art.« Er machte eine Pause, räusperte sich erneut. »Ich will es kurz machen. Ich habe die

Gelegenheit beim Schopf gepackt und diese wunderbare Lady gebeten, meine Frau zu werden ... Und zu meiner großen Überraschung und Freude, hat sie ohne Diskussion Ja gesagt.«

»Heiliger Strohsack ... Hast du dich endlich getraut. Dachte schon, ich erlebe das nicht mehr«, sagte Gordon, stand auf und erhob sein Glas. »Ich wünsche euch ein glückliches Händchen und ein langes, gemeinsames Leben. Schade, dass Heather nicht dabei sein kann. Cheers, auf Selma und Norman.«

Nein, dachte Helen, heute ist kein Tag zum Trübsal blasen und sie würde ihrer Mutter ganz sicher nicht diesen wundervollen Abend verderben. Nach all den unschönen Dingen, mit denen sie sich in den letzten Jahren herumschlagen musste, hatte sie es verdient, endlich glücklich zu sein.

Morgen war auch noch ein Tag.

***

Gordon fuhr gemächlich die schmale Ocean Lane hinunter. Die engen Kehren verziehen keine Unaufmerksamkeit.

Unter ihm lag Blue Bay mit seinen Lichtern in der Dämmerung und im kleinen Jachthafen tanzten die Boote auf den Wellen. Die Berge des Hinterlandes hoben sich dunkel vom Nachthimmel ab; nur hier und da waren kleine Lichtpunkte auszumachen.

Er liebte diesen Flecken Erde. Hier war sein Platz und hier waren seine Freunde.

Als sein Blick zum Himmel über dem Wasser ging, runzelte er die Stirn. Eine dunkle Wolkenwand schob sich über den Pazifik Richtung Land. Offensichtlich rauschte der nächste Ausläufer einer der vielen Stürme, die sich besonders im Herbst über dem noch warmen Pazifik bildeten, bis zu ihnen herüber.

Er würde sich wohl auf eine unruhige Nacht einstellen müssen. Die Vorstellung bereitete ihm Unbehagen.

Doch nicht nur die lästigen Geräusche, die der verfluchte Wind stets mit sich brachte, würden ihn heute nur schwer zur Ruhe kommen lassen. Auch die vielen neuen Eindrücke, die er im Gepäck hatte, beschäftigten ihn über Gebühr. Einerseits freute er sich riesig darüber, dass Selma und Norman nun endlich ihr Schicksal in die Hand nahmen; andererseits machte er sich große Sorgen um Helen.

Wusste er doch nur zu gut, wie sehr Nackenschläge einen treffen und aus der Bahn werfen konnten. Damals, als Dana entschied, dass sie genug von einem Leben mit einem Polizisten hat, war er auch in ein tiefes Loch gefallen; nichts war mehr wichtig gewesen. Und bei Gott, er vermisste sie noch immer; nach all den Jahren. Was er jedoch geflissentlich für sich behielt. Wer wollte sich schon ohne Not lächerlich machen?

222

***

»Der Tag hätte nicht besser verlaufen
können«, seufzte Selma und schmiegte sich
an Norman. Sie konnte sich nicht erinnern,
jemals einen solch aufregenden Geburtstag
erlebt zu haben.

Norman küsste sie zart auf die Stirn. »Ich
bin froh, dass es vorbei ist. Griffins
idiotischer Verdacht hat mich mehr belastet
als ich mir eingestehen wollte. Dabei bin ich
doch geübt im Umgang mit schlechten
Erfahrungen und falschen Anschuldigen.«

Selma sah ihn überrascht an.

»Hast du dich nie gewundert, warum ich
jeden Tag diese weite Strecke bis zum *Inyo*
auf mich nehme?«

»Doch. Schon. Ich dachte, vielleicht liebt er
die Berge und das Meer und kann sich nicht
entscheiden.«

»Das ist so. Trotzdem bin ich nicht ganz
freiwillig hier.«

»Magst du es mir erzählen?«

»Ich wurde gestalkt ... von einer Frau.«

»Oh.«

»Eine ehemalige Kollegin. Wir hatten eine
kurze Affäre. Leider habe ich zu spät
gemerkt, dass sie einige unangenehme
Eigenschaften hat. Sie versuchte ständig
mich zu kontrollieren, war extrem
eifersüchtig. Hab mich bald von ihr getrennt.
Wenig später ging der Terror los. Sie hat mir

aufgelauert, hat mir in aller Öffentlichkeit unschöne Szenen gemacht, Lügen verbreitet, mich mit Anrufen und Nachrichten bombardiert.«

»Das hört sich ziemlich übel an.«

»Ich bat um meine Versetzung. Mein Chef hat das nicht akzeptiert. Erst als ich mit Kündigung drohte, hat er gehandelt. Sie wurde in die Hauptverwaltung nach Nevada versetzt und ich habe mich hier niedergelassen.«

»Zum Glück für mich.« Selma seufzte erleichtert. »Was ist aus ihr geworden?«

»Keine Ahnung. Bin froh, dass das Kapitel doch relativ schnell ein Ende fand. Andere trifft es da weitaus härter.«

»Und ich habe dich immer ein wenig beneidet. Dachte, dieser Mister Bishop führt ein rundherum angenehmes Leben. Er macht einen Job den er liebt, kann sorgenfrei die Ruhe in seinem schönen Haus genießen … Tut mir leid, was dir da passiert ist, mein Liebling.«

»Es war die beste Entscheidung meines Lebens nach Blue Bay zu kommen. Um ein Haar hätten wir uns in diesem Leben verpasst. Ich bin so glücklich darüber bei dir zu sein und dass wir uns lieben und küssen können, wann immer uns danach ist.«

»Mir ist gerade danach, Liebster«, hörte er Selma flüstern.

***

Der Sturm der letzten Nacht war glimpflich verlaufen. Nur noch ein laues Lüftchen war von ihm übriggeblieben. Allmählich riss die graue Wolkendecke auf und brachte erste blaue Flecken zum Vorschein.

Zur Erleichterung aller, waren keine nennenswerten Schäden zu beklagen; nur der eine oder andere Blumenkübel hatte der Wucht des Windes nicht standgehalten.

Norman war schon früh in den *Inyo* aufgebrochen und Selma saß mit ihren Töchtern am Frühstückstisch.

»Bevor ihr zurück nach Berkeley fahrt, möchte ich ein paar Dinge mit euch besprechen«.

»Okay«, sagte Cathy, »was gibt's?«

»Ich trage mich mit dem Gedanken, das Haus zu verkaufen ... Es steht leer und ...«

»Mom!«, riefen Cathy und Helen wie aus einem Mund. »Warum denn verkaufen?«, fragte Cathy bestürzt; Helen schwieg.

»Mein Zuhause ist jetzt drüben bei Norman und wer weiß, wohin es euch nach eurem Studium verschlägt. Ich sehe einfach keinen Sinn darin, es zu behalten.«

»Ich gehe nicht zurück nach Berkeley«, sagte Helen leise.

»Aber Kind, was redest du da? Du kannst doch nicht ...«

»Ich habe mich heute Nacht von der Uni abgemeldet ... und mein Apartment gekündigt.«

»Verrückt«, sagte Cathy aufgebracht, »das ist doch vollkommen verrückt. Wir sitzen ewig zusammen im Auto und du verlierst kein Wort über diesen Schwachsinn.«

»Helen, so kurz vor dem Ziel«, sagte Selma betroffen und griff nach ihrer Hand. »Ist es wegen ...«

»Ach, Mom, ich spiele schon seit Dads Tod mit dem Gedanken. Und Dexter Malone ... Ja, er hat auch damit zu tun. Ich bin im Rückstand, der letzte Test war eine Katastrophe.«

»Du warst von uns beiden immer die Musterstudentin ... Und jetzt lässt du dich von diesem Idioten von deinem Ziel abbringen? Ich fasse es nicht. Und denkst du auch mal an mich? Du lässt mich hängen ... Ja, genau ... hängen. Was soll ich denn allein in Berkeley? Mom, sag doch auch mal was.«

»Cathy, Vorwürfe bringen Helen ganz sicher nicht weiter. Also beruhige dich ... Helen, Liebes, hast du dir das gut überlegt? Rückstände kann man aufholen ... Was soll denn nun werden?«

Helen zuckte mit den Schultern.

»Aber du musst doch wissen, wie es weitergehen soll.«

»Ich bin noch nicht so weit, um dir diese Frage beantworten zu können. Was ich mit Sicherheit weiß, ist, dass das Thema

Studium für mich erledigt ist. Ich verspreche dir, dass ich mir über den Rest auch Gedanken machen werde.«

»Toll, meine Schwester schmeißt ihr Studium ...«

»Cathy«, mahnte Selma.

»Kann ich hier wohnen?«, fragte Helen leise. »Bis ich klarer sehe und weiß, wie es weiter gehen soll.«

»Aber natürlich. Es ist euer Zuhause.«

»Aber das wirft deinen Plan über den Haufen.«

»Mach dir darum keine Sorgen. Das eilt nicht.«

Cathy schob ihren Stuhl heftig zurück, stand auf und lief hinaus. Selma wollte ihr folgen.

Helen legte ihre Hand auf ihren Arm und hinderte sie am Aufstehen. »Lass, Mom, ich rede mit ihr. Sie ist auf mich sauer ... nicht auf dich.«

»Es tut mir alles sehr leid, Helen. Besonders, dass durch die Machenschaften eures Vaters sogar deine Verlobung in die Brüche gegangen ist. Vielleicht tröstet dich, dass Dexters Liebe nicht sehr groß gewesen sein kann, wenn er in einer solchen Situation nicht zu dir steht, sondern sich von seiner Mutter beeinflussen lässt.«

»Ja, sie war wohl nicht sehr groß ... Und soll ich dir etwas verraten? Dexter Malone ist nur noch eine schemenhafte Gestalt, die von Tag zu Tag mehr verblasst. Soll er mit Lizzie

Thompson glücklich werden. Ich gehe jetzt zu Cathy. Vielleicht kann ich sie beruhigen.«

Selma sah ihrer Tochter nachdenklich hinterher. Konnte sie Helens Worten Glauben schenken oder wollte sie nur, dass sie sich keine Sorgen um sie machte?

Helen entdeckte ihre Schwester auf dem schmalen Pfad, der hinunter nach Blue Bay führt.

Eilig griff sie nach ihrer Jacke und lief ihr hinterher. »Cathy, so warte doch ... Ich möchte mit dir reden.«

Nur widerwillig blieb Cathy stehen. Sie war verstimmt. Warum hatte Helen nicht vorher mit ihr geredet? Sie hatte doch noch nie Geheimnisse vor ihr gehabt.

»Das hast du dir ja fein ausgedacht«, sagte sie spitz, als Helen schwer atmend vor ihr stand.

»Lass mich einen Moment zu Atem kommen. Früher hat mir ein derartiger Spurt nichts ausgemacht ... Komme mir gerade ein bisschen wie eine alte Frau vor.«

»Wieso? ... Du rennst doch ständig hinunter zum Strand«, sagte Cathy missmutig.

»Komm, wir setzen uns auf die Bank dort. Ich muss dir einiges erklären.«

»Was gibt es da noch zu erklären ... Du lässt mich im Stich.« Cathy stiegen Tränen in die Augen, ihr Mund bebte.

»Ach, Cathy ... Wie soll ich es dir bloß sagen?«

Helens verzweifelter Tonfall schreckte Cathy auf. Schluss mit der eigenen Weinerlichkeit, beschloss sie. Ihre Schwester hatte offenbar schwerwiegende Gründe, von denen sie alle noch keine Ahnung hatten.

»Entschuldige, Helen. Ich habe mal wieder nur an mich gedacht. Was ist so schwer zu erklären? Sag schon.«

»Ich habe mich in Paul Everton verliebt.«

20

Cathy sah ihre Schwester sprachlos an. »Wahnsinn ...«

»Bitte, Cathy, das darfst du niemandem erzählen. Ich kann es mir selbst noch nicht richtig eingestehen.«

»Helen Hudson, die Vernünftige. Ich habe immer deine Urteilsfähigkeit bewundert; wusste immer: Helen hat eine Lösung parat. Und jetzt? Jetzt stolperst du von einem Drama ins nächste ...«

Helen begann haltlos zu schluchzen.

»Entschuldige, Helen. Ich wollte dich nicht kränken. Bitte, hör doch auf zu weinen ... Wie ist denn das passiert?«

»Wenn ich ehrlich bin schon in Big Sur, als er mich überredete von dieser verdammten Klippe zu steigen.«

»Oh, aber ... Verwechselst du da nicht Dankbarkeit mit Liebe?«

»Genau das habe ich die ganze Zeit auch gedacht und ich schäme mich deswegen.«

»Wieso schämen?« Cathy sah sie verständnislos an.

»Ihr alle bedauert mich, weil Dexter mich verlassen hat. Und ich? Ich denke schon längst an einen anderen Mann.«

»Was mich außerordentlich freut, liebste Schwester. Aber ausgerechnet Paul Everton.«

»Ich habe mir das nicht ausgesucht, Cathy.«

»Ich glaube eigentlich nicht an den Quatsch von ›Liebe auf den ersten Blick‹. Zudem noch in einer derart stressigen Situation.«

»Ich habe ihn kurz danach erneut getroffen.«

»Wen? Paul Everton?«

Helen nickte. Er ist mir bei einem Strandlauf begegnet ... Vor Moms Fest. Hinten am Leuchtturm.«

»Aha ... Und?«

»Er ist richtig erschrocken als er mich sah. Ein paar dürre Worte und weg war er. Ich hatte ja keine Ahnung, wer er ist. Und dann, bei Moms Fest ... als er dann vor mir stand. Ich dachte, ich müsste im Erdboden versinken.«

»Kann ich mir denken. Hattest wohl Angst, dass er von eurer ersten Begegnung erzählt, stimmt's?«

»Ja, fürchterliche Angst. Und ich war so froh und dankbar, dass er es nicht tat ... Er hat mich den ganzen Abend gemieden.«

»Sei doch froh. Das hat euch ein anstrengendes Theaterspiel erspart.«

»Am nächsten Tag bin ich zu ihm hin.«

»Ach, Helen ...«, sagte Cathy mitfühlend.

»Ich wollte mich für sein Stillschweigen bedanken und ... Er war sehr abweisend ... Hab ihn wohl bei der Arbeit gestört.«

»Nicht sehr ermutigend.«

»Ich habe ihn umarmt, Cathy«, flüsterte Helen. »Er war steif wie ein Stock. Es war so ... so peinlich. Ich fürchte, er mag mich nicht besonders.«

»Vielleicht hat er die gleichen Gedanken, die ich vorhin geäußert habe. Er vermutet wohl auch, dass du da etwas verwechselst.«

»Und Moms Einladung ... Er wusste, dass ich hier sein werde. Deshalb hat er ihr abgesagt ... Er geht mir aus dem Weg.«

Cathy umarmte ihre Schwester voller Mitgefühl. »Ist er der Grund warum du dein Studium beendet hast und hierbleiben willst?«

»Diese Frage hat mich nächtelang umgetrieben. Ich denke, es wäre dumm, wegen einer stillen Hoffnung das Leben auf den Kopf zu stellen. Vermutlich würde ich mir nicht den geringsten Gefallen damit tun.«

»Warum tust du es dann?«

»Das Studium macht mir keinen Spaß mehr; ich quäle mich durch die Tage. Das war auch schon vor Dexters Abgang so ... Soll diesen Platz doch jemand voller Tatendrang und Euphorie bekommen ... Es tut mir leid, Cathy ... Dass ich dich allein lasse und dass ich es dir nicht eher gesagt habe.«

»Ich bedauere deine Entscheidung nach wie vor. Aber ich kann sie jetzt besser verstehen

... Du musst mit Mom reden, Helen. Sie ist sicher genauso ratlos wie ich es bisher war. Erzähl ihr alles ... Auch von deinen Gefühlen für Paul Everton. Es ist nicht gut, wenn man sie versteckt ... Nimm dir ein Beispiel an meinem ganz persönlichen Fiasko.«

Helen sah nachdenklich hinunter zum Strand. »Aber was wird sie von mir denken, Cathy? Wenn ich nach so kurzer Zeit ...«

»Sie wird es verstehen und mit dir hoffen, dass alles gut wird. Du kennst doch unsere Mom ... Komm, lass uns wieder nach Hause gehen.«

»Ich brauche noch etwas Zeit, bevor ich es ihr erzähle ... Auch die Geschichte von Big Sur.«

»Von mir erfährt niemand etwas. Aber versprich mir, dass du bald mit ihr redest.«

»Ich verspreche es. Danke fürs Zuhören und für dein Verständnis« Sie beugte sich hinüber und küsste Cathys Wange.

»Wozu sind Schwestern da. Ich bin froh, dass du mir meine harschen Worte nicht übelnimmst.«

***

Als Paul in Ann Arber ins Flugzeug gestiegen war, hatte sich zu seinen bangen Erwartungen die Freude auf sein Zuhause gesellt.

Die Tage bei seiner Schwester in Saint Joseph, hatten ihm gutgetan. Und die

Gespräche mit ihr hatten das Durcheinander zumindest in seinem Kopf etwas entwirrt. Sein Herz jedoch war noch immer verfangen in der Vergangenheit und fürchtete sich vor der Zukunft.

Nun war er glücklich, wieder zu Hause zu sein und freute sich aufs Schreiben, auf seine Strandläufe und die Gespräche mit Gordon.

Er schaltete den Kaffeeautomaten an und klickte sich dann durch die Playlist auf *Spotify*. Seit Langem hatte er mal wieder Lust, Musik zu hören. Obwohl ihn mit Linda Sinclair kein spezielles Lied verband, wählte er dennoch mit Bedacht. Keine Herz-Schmerz-Liebessongs, eher etwas Kerniges sollte es sein.

Während sich der Kaffee zischend in die Tasse ergoss, lauschte er *Another Brick in the Wall* von *Pink Floyd* und dachte dabei an seinen Vater. Stan Everton war ein solch strenger Lehrer gewesen; und ein noch strengerer Vater. Er könnte über seine Versuche, seines Vaters Mauern einzureißen, Bücher füllen. Aber er hatte schon früh beschlossen, seine Zeit nicht mit der schmerzlichen Vergangenheit zu vergeuden. Lieber schrieb er »Schmonzetten«, wie sein Vater es bei ihrer letzten Auseinandersetzung verächtlich genannt hatte.

Er lehnte sich behaglich auf der Couch zurück, nippte an dem heißen Kaffee und schaute hinaus. Noch lag feiner Dunst über dem Wasser. Doch die Sonne gab bereits ihr Bestes, um die milchig weiße Masse zu durchdringen. Bald hätte er die Kulisse vor sich, die er in Michigan vermisst hat und die auch im Herbst unzählige Touristenherzen höherschlagen ließ.

Heute war Markttag, fiel ihm ein. Eine gute Gelegenheit sich mit frischem Obst und Gemüse einzudecken ... Und in der Bücherei bei Selma Hudson vorbeizuschauen ... mit einem Blumenstrauß und einer Entschuldigung. Es war sonst nicht seine Art, Einladungen wortlos zu ignorieren. Aber in diesem Fall hatte er keine andere Wahl gehabt.

Wie es Helen Hudson wohl geht?, fragte er sich und ärgerte sich postwendend. Wollte er nicht Abstand zwischen sich und diese Frau bringen?

Seltsamerweise gelang es ihm seit Tagen nicht, sie aus seinen Gedanken zu verbannen. Vielleicht waren Faiths Worte, offen für Neues zu sein, der Auslöser gewesen. *Lass zu, dass die Liebe dich findet,* hatte sie ihm mit auf den Heimweg gegeben.

Helen war inzwischen sicher abgereist und wenn er Glück hatte, käme sie erst an Thanksgiving wieder nach Blue Bay. Sein Plan, Zeit zu gewinnen, wäre damit aufgegangen und vielleicht hatte er bis dahin sein Seelenleben wieder im Griff.

Wie immer waren am Markttag viele Leute unterwegs. Und der sonnige Tag hatte offensichtlich für zusätzlichen Ansturm gesorgt.

Er liebte das besondere Flair der Stadt an diesen Tagen, wenn sich dort ein buntes Völkchen versammelte und Blue Bay für ein paar Stunden die Beschaulichkeit nahm.

Der Bürgermeister hatte bereits vor Jahren eine kluge Entscheidung getroffen, als er nach langer Diskussion und vielen Widerständen zum Trotz, auch Farmern und Althippies aus der weiteren Umgebung eine Verkaufslizenz erteilte.

Schon oft hat er an diesen Tagen vor dem kleinen Café in der Sonne gesessen, genüsslich einen Espresso geschlürft und die Leute um sich herum beobachtet ... Was schon zu unbezahlbaren Charakterstudien geführt hatte. Er nahm sich vor, sich diesen seltenen Genuss auch heute zu gönnen.

Zuerst schlenderte er hinüber zu der Blumenverkäuferin, deren farbenfrohes Angebot ihn immer wieder beeindruckte. Nach kurzer Suche wählte er einen Strauß bunter Herbstblumen. Danach ging er auf dem Weg zur nahen Bücherei bei Molly Pearson vorbei.

Wie immer errötete sie sanft, als sie Paul Everton zu Gesicht bekam. Diese Regung hatte schon zu manch scherzhafter Bemerkung ihres Mannes geführt. Sie liebte seine Romane und schwärmte heimlich für ihn, obwohl sie, wenn sie ehrlich zu sich war, fast seine Mutter sein könnte.

»Mister Everton«, rief sie erfreut aus. »Wie geht es Ihnen?«

»Danke, gut, Mrs Pearson. Ihnen hoffentlich auch. Stellen Sie mir doch bitte ein kleines Sortiment von Ihrem herrlichen Gemüse und Obst zusammen. Ich hole es dann rechtzeitig bei Ihnen ab. Zuerst möchte ich Mrs Hudson ein paar Blumen bringen ... Zum Geburtstag.«

»Das ist sehr nett von Ihnen, Mister Everton. Sie wird sich freuen. Endlich hat sie wieder Grund zum Lächeln.«

»Habe ich etwas verpasst, Mrs Pearson?«

»Kann man wohl sagen ... Norman Bishop hat ihr einen Antrag gemacht ... Und sie hat Ja gesagt.«

»Tatsächlich ... Glücklicher Mister Bishop.«

Molly Pearson strahlte ihn an. »Ja, so ein schönes Paar. Wer hätte das gedacht.«

»Dann will ich mal, Mrs Pearson.« Er winkte mit dem Strauß. »Bin gleich wieder bei Ihnen.«

Molly Pearson sah ihm hinterher. Blumen für Selma Hudson. »Beneidenswert«, seufzte sie. Wann hatte man ihr zum letzten Mal Blumen geschenkt?

Paul öffnete die Tür zur Bücherei und schaute sich suchend um. Schon kam Selma Hudson lächelnd auf ihn zu.

»Guten Tag, Selma, ich möchte Ihnen endlich zum Geburtstag gratulieren und mich dafür entschuldigen, dass ich sang- und klanglos verschwunden bin. Aber der Besuch bei meiner Schwester war schon lange geplant.«

»So schöne Blumen.« Selma war gerührt. »Vielen Dank, Paul.«

»Gerne. Ich wünsche Ihnen alles Gute für das neue Lebensjahr und ... wie ich gerade erfahren habe ... auch für Ihre Zukunft mit Mister Bishop.«

Selma strahlte ihn glücklich an. »Ja, endlich einmal eine angenehme Neuigkeit über mich. Und wie geht es Ihnen, Paul?«

»Hallo, Mister Everton«, vernahm er eine leise Stimme hinter seinem Rücken und drehte sich überrascht um. Helen Hudson. Verdammt. Das hatte er nun von diesem Anstandsbesuch. Wollte er diesen Begegnungen nicht aus dem Weg gehen?

»Miss Hudson, Sie sind noch in Blue Bay?«

»Helen, sei doch bitte so lieb, und versorge diesen herrlichen Blumenstrauß mit Wasser.«

Als Helen außer Hörweite war, raunte Selma ihm zu: »Helen hat ihr Studium abgebrochen. Sie wird vorerst bei uns wohnen. Wir sind noch ganz perplex. Das passt so gar nicht zu ihr.«

»Es ist momentan sicher nicht ganz einfach für sie, Selma. Geben Sie ihr Zeit. Vielleicht ändert sie ihre Meinung ja wieder.«

Diese Neuigkeit frustrierte ihn. Das hatte ihm gerade noch gefehlt. Helen Hudson lebte jetzt also in Blue Bay. Was bedeutete das für ihn? Würden sich jetzt ständig ihre Wege kreuzen oder hatte sie inzwischen eingesehen, dass ihre Schwärmerei nichts mit der Realität zu tun hatte?

»Ich muss leider schon wieder los, Selma. Habe bei Mrs Pearson Nachschub bestellt und der Markt schließt gleich. Ihnen alles Gute ... Und grüßen Sie Norman von mir.«

»Auf Wiedersehen, Paul, und danke für die wunderschönen Blumen. Kommen Sie doch mal zu einer Tasse Kaffee oder einem Glas Wein bei uns vorbei.«

Er blieb ihr die Antwort schuldig. »Auf Wiedersehen, Selma.« Dann verließ er eilig die Bücherei ... ehe Helen sich wieder zu ihnen gesellen würde.

Nachdem er bei Molly Pearson seine Bestellung abgeholt und bezahlt hatte, fuhr er auf dem schnellsten Weg nach Hause.

Das Verlangen nach einem Espresso und einem Sonnenbad vor dem kleinen Café war ihm gehörig vergangen.

»Ist Mister Everton schon gegangen?« Helen sah ihre Mutter enttäuscht an.

»Ja, er hatte es eilig. Musste noch seine Bestellung bei Molly Pearson abholen, ehe sie ihren Stand schließt.«

»Schade«, murmelte Helen.

»Du wirst noch Gelegenheit haben, dich mit ihm zu unterhalten. Ich habe ihn eingeladen uns mal wieder zu besuchen.«

»Oh.«

»Es wird dir guttun, mit anderen Leuten zu reden, Kleines. Paul ist ein liebenswerter Mann.«

»Eigenartig ... Bisher habe ich ihn immer ziemlich abweisend und verschlossen erlebt.«

»Vielleicht war er jedes Mal mit seinen Gedanken woanders.«

21

Seit Tagen wühlte ein Sturm den Ozean auf. Gewaltige Wellen schoben sich weit auf den Strand und hinterließen dort große Wasserlachen, in denen sich der graue Himmel spiegelte. Der zahlreiche Strand-hafer, der sich mit seinen weit verzweigten unterirdischen Trieben im Sand festkrallte, führte einen wilden Tanz auf.

Die Veranden der Strandhäuser waren verwaist. Offensichtlich zogen die Bewohner ihre behaglichen Räume der rauen Natur vor. Nur ein paar Möwen saßen aufgereiht auf den Geländern und gönnten sich dort vermutlich eine Verschnaufpause vom Kampf gegen den Wind.

Paul saß mit seinem Laptop auf der Couch und klickte sich auf der Suche nach Informationen über Beginn und Ursprung der irischen Mythologie durchs World Wide Web.

Ihn interessierten hauptsächlich die Geschichten über *Sid*, *Leprechaun* und *Fairies*, die irische Anderwelt. Die Tatsache, dass bis heute selbst Landebahnen, wie zuletzt in Shannon geschehen, und Straßen verlegt wurden, weil kein wahrer Ire jemals einen der *Feenhügel* abtragen würde, entlockte ihm hin und wieder ein Schmunzeln.

Obwohl die Vorfahren seiner Mutter aus Irland kamen, waren ihm diese Mythen fremd. Und ihm fehlte die Fantasie, sich Ava Everton als Bewacherin eines Feenhügels vorzustellen. Warum und wann war diesem Familienzweig die irische Warmherzigkeit verlorengegangen?

Gut. Er hatte genug gelesen. Jetzt hieß es die neuen Erkenntnisse in seine Geschichte einzuweben.

Doch zuerst musste er etwas gegen das bohrende Hungergefühl tun, das er schon seit einer Weile ignorierte. Er ging hinüber in die Küche, öffnete den Kühlschrank und griff nach Schinken, Käse, Tomaten und Salat. Dann steckte er zwei Scheiben Weißbrot in den Toaster und schaltete den Kaffee-automaten ein. Ein Sandwich sollte reichen um den gröbsten Hunger zu stillen. Er wollte so schnell wie möglich an seinem Manuskript weiterarbeiten und eine längere Pause vermeiden.

Denn Pause bedeutete, sich Gedanken über seine innere Unruhe zu machen. Seit er vor zwei Wochen Selma Hudson zum Geburtstag gratulieren wollte und dabei auf Helen getroffen war, trieb ihn diese Unruhe um.

Ständig versuchte er den Erinnerungen zu entkommen. So auch jetzt. Er setzte sich mit Sandwich und Kaffee an den Schreibtisch, um die letzten Zeilen des Kapitels zu lesen. Der Versuch misslang. Stattdessen verbrannte er sich die Zunge.

Mit einem leisen Fluch auf den Lippen stand er auf, ging zu der großen Glasfront und starrte hinaus auf den aufgewühlten Ozean.

Helen Hudson. Warum, zum Teufel, kriegte er ihr Gesicht nicht aus dem Kopf; ihre traurigen, fragenden Augen, ihr schüchternes Lächeln? Je mehr er sich sträubte, desto hartnäckiger verfolgte es ihn.

Vielleicht sollte er sich draußen ordentlich den Kopf durchpusten lassen.

Obwohl er kaum gegen den Wind ankam, lief er immer weiter; so, als ginge es um sein Leben. Und mit jedem Schritt pochte sein Herz im Takt *Helen, Helen, Helen.*

War er denn von allen guten Geistern verlassen? Hatte er sich nicht fest vorgenommen, diese Gefühle nicht mehr zuzulassen?

Ratlos und erschöpft setzte er sich in den feuchten Sand und vergrub das Gesicht in seinen kalten Händen.

***

Helen machte sich daran das Hudson-Haus für ihre Bedürfnisse umzuräumen und die Lücken zu kaschieren, die durch den Umzug ihrer Mutter entstanden waren.

Zuerst nahm sie das selbstgefällige Bild ihres Vaters von der Wand über dem Kamin und brachte es in dessen ehemaliges Zimmer. Danach schloss sie energisch die Tür und drehte den Schlüssel um. Die Geister der Vergangenheit hatten in ihrer aller Leben nichts mehr zu suchen. Sie würden nun ihren Weg ohne Matthew Hudson gehen und versuchen, glücklich zu sein.

Über den Kamin hängte sie eine farbenfrohe Collage ihrer Schwester Cathy, die bis vor Kurzem ihr Apartment in Berkeley geschmückt hatte.

Ihre Mutter quittierte diese Veränderung mit einem Lächeln.

Die Zeit, in der sie wie gelähmt in den Tag gelebt hat, sollte ein Ende haben.

Sie war nach Berkeley gefahren, hatte mit Cathys Hilfe ihr Apartment geräumt, endlich den Verlobungsring an Dexter Malone zurückgeschickt und sich erste Notizen über Zukunftsperspektiven gemacht.

Und sie hatte seither jede Minute an Paul Everton gedacht.

Sie schloss die Kiste mit den aussortierten Sachen und stand auf. Ihr Rücken schmerzte und in ihrem Kopf machte sich ein unangenehmes Pochen bemerkbar.

Diese Veränderungen in ihrem Leben erschöpften sie noch mehr als sie befürchtet hatte. Hier der Abschied von vielen Dingen, die bis vor Kurzem ihr Lebensinhalt waren, dort eine diffuse Zukunft.

Sie sollte eine Weile an die frische Luft gehen. Vielleicht half das ihrem Wohlbefinden auf die Sprünge.

Der kräftige Wind, der sie draußen empfing, überraschte sie. Ungestüm fuhr er in ihre Haare und wirbelte sie durcheinander; nahm ihr die Luft, ehe sie auch nur einen Schritt getan hatte. Doch unbeirrt schlug sie den Weg Richtung Strand ein.

Während sie den schmalen Pfad hinunterlief, überlegte sie kurz, wie sie auf eine eventuelle Begegnung mit Paul Everton reagieren sollte. Sie ignorierte das mulmige Gefühl.

Und wenn schon. Schließlich konnte sie ihm nicht ewig aus dem Weg gehen; und wollte das auch nicht. Er sollte einfach die Tatsache akzeptieren, dass sie jetzt beide hier in Blue Bay wohnten, dachte sie trotzig.

Paul hatte sich über alle Bedenken hinweggesetzt und war bis zum Leuchtturm gelaufen.

Ganz still stand er nun am Rand der Klippe, schaute in die Ferne und nahm Abschied ... Von seinen Träumen, seiner unerfüllten Liebe. Es tat ihm weh. Immer noch. Doch zu dem Schmerz gesellte sich auch Hoffnung auf eine bessere Zukunft.

»Linda«, flüsterte er, »ich danke dir für die schönen Momente des letzten Sommers ... aber ich muss jetzt gehen.«

Als er sich abwandte, löste sich unter seinen Füßen ein Stein.

Die Bewegung und die frische Luft taten Helen gut. Schon viel zu lange hatte sie sich nicht mehr so verausgabt.

Keuchend lief sie den steinigen Pfad hinauf Richtung Leuchtturm. An dessen Ende holte die Wucht des Windes sie fast von den Beinen.

Am Rand der Klippe stand ein Mann. Nicht irgendein Mann, nein, Paul Everton. Er stand da ... reglos, in sich versunken. Dann drehte er sich um.

Mit pochendem Herzen ging sie auf ihn zu. Plötzlich rutschte er ab und verschwand vor ihren Augen.

»Paul«, schrie sie voller Panik. »Paul.« Dann rannte sie los, stolperte, fing sich wieder. Endlich war sie bei ihm. Als Erstes sah sie seine Hände, die sich krampfhaft an dem Gestein festkrallten. Dann blickte sie in seine vor Entsetzen weit geöffneten Augen.

Unter ihm brach sich die Brandung an den schroffen Felsen. Zehn Meter bis zum sicheren Tod. Das Tosen des Ozeans dröhnte in seinen Ohren; konkurrierte mit seinem hämmernden Herzschlag.

Ohne zu zögern, ging sie auf die Knie, griff nach seinen Armen und begann zu ziehen.

Verzweifelt versuchte Paul mit seinen Füßen Halt zu finden.

»Hilf mit, Paul ... Sonst schaffe ich das nicht«, schrie sie. »Du musst mir helfen.«

»Helen«, hörte sie ihn stöhnen. »Hol Hilfe.«

»Nein, ich lass dich nicht los. Verdammt ... streng dich gefälligst an.«

Sie stemmte ihre Füße gegen einen großen Stein und zog aus Leibeskräften. Sie würde nicht zulassen, dass er den Weg nahm den sie hatte gehen wollen.

Nach schier endlosen Minuten gelang es ihm, sich wenige Zentimeter über den Klippenrand zu schieben. Die scharfen Kanten der Steine bohrten sich ihm schmerzhaft in den Magen; seine Hände waren zerschunden und taten höllisch weh. Immer wieder suchte er mit seinen Füßen nach einer weiteren Möglichkeit zum Abstützen.

Er hörte Helen keuschen, spürte, wie sich ihre Finger in seine Arme krallten. Wie lange würde sie ihn wohl noch halten können?

Energisch stieß er mit dem Fuß gegen die Felswand; verhakte sich in einer Felsspalte. Finster entschlossen ignorierte er den stechenden Schmerz und hangelte sich weitere Zentimeter nach oben.

Als Pauls Oberkörper endlich ein Stück näher zu ihr herkam, hätte sie am liebsten vor Erleichterung geheult. Doch ihr wurde schnell bewusst, dass er noch nicht in Sicherheit war. Noch einmal nahm sie alle Kraft zusammen und begann zu ziehen. Spitze Steine drückten sich in ihr Gesäß, ihre Muskel brannten vor Anstrengung und ihre Füße suchten verbissen nach neuem Halt.

»Paul«, ächzte sie völlig außer Atem, »bitte ...«

Mit seiner letzten Kraftreserve hangelte er sich schließlich über die Felskante. Sie ließ sich nach hinten fallen, unfähig sich zu rühren.

Geschockt und erschöpft legte Paul sich neben sie und starrte in den wolkenverhangenen Himmel. Ich lebe noch, dachte er überwältigt. Er drehte den Kopf zur Seite und sah Helen an. Sie hatte die Augen geschlossen; unter ihren langen Wimpern quollen dicke Tränen hervor. Wieder lag eine Frau neben ihm und weinte, während er von einem unermesslichen Glücksgefühl durchströmt wurde.

»Danke«, flüsterte er. Zu mehr Worten war er nicht fähig.

Mit einem lauten Schluchzer drehte sie sich zu ihm her und dann spürte er ihre Lippen auf seinem Mund. Diese unerwartete Berührung verursachte unzählige Bilder in seinem Kopf. Und am Ende des Films sah er das Gesicht, von dem er sich vor wenigen Minuten verabschiedet hatte.

Er griff nach ihren Armen und schob sie sanft aber entschieden von sich.

Diese Geste tat ihr fast so weh wie der Kraftakt, den sie gerade vollbracht hatte. Sie stand auf und klopfte sich den Schmutz von ihrer Kleidung.

»Verzeih, Helen ... Es tut mir leid.«

»Es muss dir nicht leidtun ... Kannst du laufen?«

Er versuchte aufzustehen und setzte sich mit schmerzverzerrtem Gesicht wieder hin. »Mein Fuß ... Du musst Hilfe holen.«

Sie nickte, griff nach ihrem Smartphone und wählte Norman Bishops Nummer.

***

Hinter Norman lag ein anstrengender Tag. Er und seine Kollegen waren noch immer damit beschäftigt, alle Schäden zu erfassen, die das Feuer im Sommer angerichtet hatte und die größten Hindernisse auf den zahlreichen Trails zu beseitigen.

Durch die anhaltende Trockenheit tat sich die Vegetation auch Wochen danach schwer, die verbrannte Erde mit neuem Leben zu überdecken. Inzwischen verbarg stattdessen erster Schnee die hässlichen Narben, die der Natur zugefügt worden waren.

Während des Flugs mit dem Helikopter Richtung Pazifik, versuchte er ein wenig zu dösen. Doch obwohl auch Steve heute nicht sehr gesprächig war, gelang es ihm nicht, abzuschalten.

Die Gedanken an die dramatischen Vorkommnisse von damals ließen ihn nicht los; bereiteten ihm noch immer Unbehagen.

Der Aufenthalt mit Selma und Heather in einer der Schutzhütten war um ein Haar in einer Katastrophe geendet. In sprichwörtlich letzter Minute hatte er die Frauen dazu gebracht in den *Jeep* zu steigen und, trotz Selmas anfänglicher Weigerung, ohne ihn so schnell wie möglich den *Inyo* zu verlassen.

Den Versuch, sich anschließend bis zum Funkgerät auf der nahen Aussichtsplattform Alpha 3 durchzuschlagen, hätte er beinahe mit dem Leben bezahlt.

Mit bloßen Händen hatte er unter einem überhängenden Felsbrocken eine Mulde vertieft und dort, eingerollt in eine Asbestdecke und besinnungslos vor Angst, gehofft, dass der Feuersturm, der über ihn hinwegfegte, ihm nicht das Leben nimmt.

Als seine Kollegen ihn endlich fanden, lagen bange Stunden hinter ihm. Aber er hatte überlebt, wenn auch mit schmerzhaften Verbrennungen an seinem linken Arm.

Die Narben würden ihn für den Rest seines Lebens an diese dramatischen Stunden erinnern.

Das Summen seines Smartphones holte ihn aus seinen Gedanken.

»Helen«, sagte er überrascht.

»Wo bist du gerade, Norman?«

»Auf dem Rückflug nach Blue Bay. Warum fragst du?«

»Ich brauche deine Hilfe. Paul Everton sitzt am Leuchtturm. Er hat sich am Fuß verletzt. Kann Steve bitte einen Umweg fliegen? Ich kann ihn schlecht nach Hause tragen.«

»Was ist passiert, Helen?«

»Ein Unfall. Kommst du, Norman?«

»Ja. Moment, ich frage Steve, wie lange es dauern wird.« Er sah seinen Piloten an. Der deutete ihm fünfzehn Minuten an. »Helen, in etwa fünfzehn Minuten sind wir bei euch.«

»Sie sind bald da«, sagte sie zu Paul und setzte sich ein Stück von ihm entfernt auf einen Stein.

»Helen ... Ich ...«

»Schon gut. Entschuldige, dass ich dir zu nahegetreten bin.«

»Ich muss mich entschuldigen ... Ohne dich läge ich jetzt dort unten ... Ich kann das alles noch gar nicht richtig begreifen. Ich hoffe, das war's jetzt mit unseren kuriosen Begegnungen.«

»Das kann ich dir beim besten Willen nicht versprechen. Schließlich wohnen wir beide hier.«

»So habe ich das nicht gemeint, Helen.«

»Wie sonst?«

»Ich meinte diese Begegnungen auf Leben und Tod.«

Sie nickte. »Ja. Die sollten wir tatsächlich vermeiden.« Sie hob den Kopf und sah nach oben. »Da sind sie ... Du hast es überstanden.«

Als Norman Bishop auf die beiden zu rannte, wunderte er sich über Helens versteinerte Miene und fragte sich, was hier am Leuchtturm wohl vorgefallen sein mochte.

22

Die Ankunft des Helikopters der Nationalparkverwaltung blieb nicht unbemerkt. Eingehüllt in eine gewaltige Staubwolke setzte er in der Nähe des Strandweges auf.

Verblüfft ließ Gordon alles liegen und stehen und lief so schnell er konnte die wenigen Meter hinüber. Dieses seltene Ereignis wollte er sich aus der Nähe betrachten.

Was er zu sehen bekam, verschlug ihm für einen Moment die Sprache.

Die Tür wurde geöffnet, Norman Bishop sprang mit einem beherzten Satz auf den staubigen Weg und streckte seine Arme helfend Paul Everton entgegen.

Der setzte sich vorsichtig auf den Rand des Ausstiegs, stützte sich auf Normans Schulter und rutschte langsam herunter.

Überrascht beobachtete Gordon wenig später, dass auch Helen in der offenen Tür erschien.

»Was ist passiert?«, schrie er gegen den Lärm an.

»Mein Fuß ...« Paul verzog schmerzhaft das Gesicht.

»Wir bringen Sie erst einmal ins Haus, Paul. Sie sind ziemlich unterkühlt«, sagte Norman. Dann drehte er sich um, deutete Steve an, dass er nun endlich nach Hause fliegen könne.

Gestützt auf Norman und Gordon humpelte Paul zu seinem Haus. Helen folgte ihnen zögernd.

Sie betteten ihn auf die Couch. Norman zog ihm behutsam Schuhe und Socken aus und begutachtete den verletzten Fuß. Paul verzog das Gesicht und stöhnte auf.

»Sieht nach einer üblen Prellung aus. An der werden Sie lange Ihren Spaß haben. Gibt's irgendwo Verbandszeug?«

»Im Badezimmer ... Im kleinen Schrank neben der Tür.«

Norman nickte und machte sich auf die Suche.

Wenig später war der Fuß fachmännisch bandagiert. »Haben Sie Schmerzmittel?«

Paul nickte.

»Okay. Besser Sie schlucken gleich eine Pille. Und falls Sie Eis haben, kühlen hilft auch. Wenn die Schmerzen und die Schwellung schlimmer werden, sollten Sie zum Arzt gehen. Gordon fährt Sie sicher.«

»Danke«, sagte Paul leise. »Ohne eure Hilfe ... Ich mag gar nicht drüber nachdenken.«

»Was ist denn passiert«, fragte Gordon erneut.

Norman winkte ab. »Bringst du mich bitte erst zu meinem Auto? Selma macht sich Sorgen, wenn ich mich derart verspäte.« Dann wandte er sich an Helen. »Bleibst du hier bis wir zurück sind?«

»Ja«, sagte Helen mit unbeweglicher Miene. »Beeilt euch. Ich brauche schnellstens trockene Klamotten.«

»Sie sollten auch Ihre feuchten Sachen loswerden, Paul. Sonst kommt zum Fuß noch eine lästige Erkältung dazu ... Lass uns fahren, Gordon.

Sie schaute den beiden Männern angespannt hinterher. Diese Situation hätte sie gern vermieden. Allein mit Paul Everton; in seinem Haus. Vor seiner Zurückweisung hätte sie das glücklich gemacht. Aber jetzt? Jetzt war es nur quälend unangenehm.

»Helen, bitte ... setz dich doch«, bat Paul leise.

»Hast du irgendwo eine Decke? Dir muss doch kalt sein«, sagte sie steif und sah ihn fragend an.

»In meinem Schlafzimmer ... Im Wandschrank.«

»Darf ich sie holen?«

Paul nickte.

»Gut.«

Er sah ihr bedrückt hinterher.

Sie betrat das Schlafzimmer, registrierte im Bruchteil von Sekunden die besondere Ausstrahlung des Raumes. Ein dunkler Parkettboden, ein ausladendes Futonbett, bedeckt mit etlichen Kissen in verschiedenen Größen, ein Paravent, bespannt mit creme-weißem Pergamentpapier, wenige abstrakte Drucke als Farbtupfer an den weißen Wänden, ein Stück Treibholz auf einem gläsernen Beistelltisch, eine Bogenlampe, deren Schirm wie Saturn im Raum schwebte ... ein männlich herber Duft ... sein Duft.

Sie lehnte sich an die Wand und schloss die Augen. Wie oft hatte sie davon schon geträumt; hier zu sein ... in diesem Zimmer ... mit ihm? Bei Kerzenschein und sanfter Musik und Zärtlichkeiten, die den Atem nehmen.

Hör auf zu träumen, sagte sie sich ernüchtert, ging zum Wandschrank und holte die weiche, rote Fleecedecke heraus. Dann atmete sie tief durch, ging zurück ins Wohnzimmer, deckte Paul damit zu und setzte sich ihm gegenüber in den futuristisch anmutenden Sessel aus schwarzem Leder und Chrom.

Das Schweigen war kaum auszuhalten.

»Helen ...«

Sie sah ihn abwartend an.

»... wie geht es dir? Hast du dir wehgetan?«

Sie schüttelte den Kopf. »Nein, alles gut.« Erleichtert hörte sie Normans *Jeep* vorfahren.

»Norman und Gordon sind zurück. Ich öffne ihnen die Tür.« Sie stand hastig auf und floh vor diesem schuldbewussten Blick.

***

Gordon hielt sich nicht lange zurück. Kaum hatte sich die Tür hinter Norman und Helen geschlossen, fragte er eindringlich: »Was ist passiert, Paul? Und diesmal will ich eine Antwort und keine Ausflüchte. Das mutet alles sehr seltsam an.«

»Heute hatte ich einen Schutzengel.«

»Bist du über deine eigenen Füße gestolpert?«, fragte Gordon ahnungslos und versuchte es mit einem Grinsen.

»Wenn es nur das gewesen wäre«, sagte Paul leise und schwieg einen Moment. »Ich war am Leuchtturm ... seit Langem mal wieder. Ich bin auch dorthin gegangen um endlich Abschied zu nehmen ... Beinahe wäre es ein endgültiger Abschied geworden.«

»Wie muss ich das verstehen?«

»Ich stand am Rand der Klippe und dann hat sich ein Stein gelöst ...«

»Heiliger Bimbam«, entfuhr es Gordon.

»Ich hing über dem Abgrund. Nur ein winziger Vorsprung verhinderte meinen Sturz in die Tiefe. Du kannst dir nicht vorstellen, was mir alles durch den Kopf gegangen ist ... welche Angst ich hatte. Und dann war plötzlich Helen da. Sie hat mich an den Armen gepackt, sich abgemüht, mich immer wieder ermutigt doch zu versuchen nach oben zu kommen. Mit unserer letzten Kraft ist es uns schließlich gelungen.«

»Geht es bei euch beiden nicht auch eine Nummer kleiner? Da ist mir zu viel Dramatik im Spiel ... Du hattest wirklich einen Schutzengel, mein Junge«, sagte Gordon aufgewühlt. »Was ist danach passiert? Helen hat mir gar nicht gefallen«, fragte er dann.

»Sie hat geweint ... vermutlich aus Erleichterung ... und dann ... dann hat sie mich geküsst«, fügte er leise hinzu.

»Und das hat dir nicht gefallen«, sagte Gordon. Arme Helen, dachte er voller Mitgefühl und verstand endlich warum sie so blass und stumm gewesen war.

Paul schloss die Augen, als wolle er die Erinnerung an diesen Moment zurückholen. »Ich ... Als ich ihre Lippen spürte, sah ich plötzlich wieder das Gesicht vor mir, von dem ich mich kurz zuvor verabschiedet hatte ... Und dann habe ich sie von mir geschoben ... Ach, ich weiß nicht ...«

»Aber ich weiß es. Du bist ein verdammter Idiot, Paul Everton. Was klammerst du dich noch immer an Dinge, die vorbei sind? Warum gibst du dir und Helen keine Chance? Sie ist eine schöne, gescheite Frau.«

»Ich habe Angst, dass sie Dankbarkeit mit Liebe verwechselt, Gordon. Und dann? Ich bin schon wieder viel zu sehr verstrickt.«

»Hört, hört … Klingt ganz so, als hätte dein Herz die Tür schon längst einen Spalt geöffnet.«

»Ich denke oft an sie, Gordon … Und wenn ich es tue, macht es mich froh. Aber im nächsten Augenblick denke ich an den ganzen Kummer. Ich will das nicht noch einmal erleben … Dass ich mich in eine Frau verliebe, die sich dann umdreht und geht.«

»Helen wird bleiben. Rede mit ihr.«

Er starrte gedankenverloren aus dem Fenster in den noch immer grauen, wolkenverhangenen Himmel. »Ich habe sie heute sehr gekränkt … Nach allem was sie getan hat … Ich schäme mich dafür.«

»Rede mit ihr«, wiederholte Gordon sich.

***

Selma sah erstaunt auf als Helen aus Normans *Jeep* stieg.

»Nanu, hat Norman dich unterwegs aufgegabelt«, sagte sie und umarmte Helen. »Du warst lange weg. Ich habe mir Sorgen gemacht … Hallo, Liebster.« Sie küsste Norman und Helen sah schmerzlich berührt zur Seite.

Wie glücklich die beiden sind, dachte sie. Und ich?

»Lasst uns ins Haus gehen … Wenn Helen sich umgezogen hat, hat sie uns Einiges zu erzählen«, sagte Norman und machte sich sachte von Selma los.

Ihm war mulmig zumute. Wie würde Selma darauf reagieren, dass er ihr nicht schon längst von dem dramatischen Vorfall in Big Sur erzählt hat?

Am liebsten hätte sich Helen in ihr Bett verkrochen. Sie war müde und erschöpft. Was in den letzten Stunden passiert war, ging einfach über ihre Kraft. Doch Norman hatte ihr durch seine Andeutung diesen Rückzug verbaut. Sie vermutete schon lange, dass es ihm schwer im Magen lag, Geheimnisse vor ihrer Mutter zu haben. Er hatte es nicht verdient, noch länger ein schlechtes Gewissen mit sich herumschleppen zu müssen.

Sie zog die wärmende Decke noch fester um ihren Körper und verbarg ihre zitternden Hände darunter.

»Helen ... Norman ... Ihr verhaltet euch sehr seltsam ... um es mal vorsichtig auszudrücken. Was ist passiert?«

»Mom, ich hätte schon längst mit dir reden müssen. Aber du hattest so viele andere Dinge um die Ohren und da wollte ich nicht, dass du dir noch mehr Sorgen machen musst.« Sie schwieg einen Moment. Dann sah sie ihre Mutter mit festem Blick an. »Ich hätte beinahe eine Riesendummheit begangen. Aber Paul ...«

»Paul? Was für eine Dummheit?«, fragte Selma verwundert.

»Nachdem die Dinge über Dexter publik wurden, war ich verzweifelt. Wie konnte er mich so hintergehen? ... Ich bin nach Big Sur gefahren, habe mich dort auf eine Klippe gestellt ...«

»Helen ... Nein ...«, schrie Selma auf.

Norman legte seinen Arm fest um sie. »Lass sie weiterreden, Liebste.«

»Zufällig war an diesem Tag Mister Everton auf der Küstenstraße unterwegs. Ihm ist mein Auto aufgefallen. Er hat ... Er hat mich von der Klippe geholt. Ich weiß nicht, ob ich wirklich gesprungen wäre, Mom.«

Selma starrte ihre Tochter fassungslos an. Nie und nimmer hätte sie gedacht, dass ausgerechnet Helen, ihre vernünftige Helen, in einen derartigen Ausnahmezustand geraten könnte.

Sie stand auf, setzte sich zu ihr und nahm sie fest in den Arm. »Mein armer Liebling«, flüsterte sie aufgelöst und strich Helen immer wieder über den Kopf.

»Selma ich ...«

»Du hast davon gewusst?«, fragte Selma irritiert.

Norman nickte. »An dem Tag, als ich gemeinsam mit Cathy zurückgekommen bin, hat Gordon uns davon erzählt.«

»Wieso Gordon? Ich verstehe nicht ...«

»Paul hat ihm gleich nach seiner Rückkehr aus San Francisco von dem Vorfall erzählt. Und als du ihm Helen vorgestellt hast, hat Gordon sich über das Verhalten der beiden gewundert und eins und eins zusammengezählt. Paul hat ihm seine Vermutung bestätigt.«

»Ich bin mit Cathy zu der Stelle gefahren und habe ihr alles erzählt. Und dann habe ich ihr das Versprechen abgepresst, dir nichts zu sagen. Cathy, Norman und auch Gordon wollten dich beschützen ... Du darfst ihnen deswegen nicht böse sein. Versprich mir das, Mom.«

»Böse? Nein. Es macht mich traurig. Ich hatte das Recht, es zu wissen. Ich möchte nie mehr ausgeschlossen werden. Habt ihr mich verstanden? Nie mehr.«

Norman nahm ihre Hände. »Verzeih, Selma. Ich hatte schwer daran zu knabbern. Es war falsch, dir das nicht zumuten zu wollen. Dabei bist du doch die stärkste Frau, die ich kenne. Es wird nicht wieder vorkommen. Das verspreche ich dir.« Er sah sie schuldbewusst an.

Selma beugte sich vor und küsste ihn sanft. »Ich muss diese ganzen schockierenden Dinge erst noch verdauen ... Mir schwirrt der Kopf von dem gerade Gehörten.« Sie sah die beiden an. »Trotzdem möchte ich noch wissen, warum ihr gemeinsam nach Hause gekommen seid?«

»Heute habe ich bei Paul Everton meine Rechnung beglichen.«

»Wie meinst du das, Helen?«

»Ich habe ihn am Leuchtturm getroffen. Er stand am Klippenrand und hat auf den

Ozean geschaut. Plötzlich ist er vor meinen Augen abgerutscht ... Es war schrecklich, Mom.«

Selma schlug erschrocken die Hand vor den Mund.

»Er hat sich am Rand festgekrallt ... Ich habe versucht, ihn hochzuziehen ... Ich hatte solche Angst um ihn ... Nach vielen verzweifelten Versuchen haben seine Füße endlich Halt gefunden und dann ist es ihm mit meiner Hilfe gelungen, über die Kante zu rutschen ... Er hat sich dabei am Fuß verletzt und konnte nicht laufen. Ich wusste mir keinen anderen Rat und habe Norman angerufen. Er und Steve haben uns mit dem Helikopter abgeholt und zu Pauls Strandhaus geflogen ... Ich hatte solche Angst, Mom.«

Selma sah Norman und Helen sprachlos an. Waren das Fügungen des Himmels? Wie konnte es sonst möglich sein, dass sich zwei Menschen innerhalb kurzer Zeit gegenseitig aus solch beängstigenden Situationen halfen?

Helen schwieg. Sie hatte ihrer Mutter endlich von Big Sur erzählt. Doch um allen Druck loszuwerden, hätte sie ihr noch viel mehr erzählen müssen.

Morgen, dachte sie. Sie war so müde und sie wollte, dass ihre Mom und Norman jetzt hinüber in ihr Zuhause gingen. Sie war erleichtert darüber, dass deren Liebe allen Widrigkeiten standzuhalten schien. Eine

Liebe, nach der auch sie sich sehnte und die ihr heute so fern schien.

23

Gleich am Morgen ging Selma tief besorgt hinüber, um nach ihrer Tochter zu sehen.

Gern wäre sie die ganze Nacht bei ihr geblieben. Aber Helen hatte darauf bestanden, dass sie mit Norman nach Hause geht. Sie sei erwachsen und könne auf sich selbst aufpassen, hatte sie ihr mit Nachdruck klargemacht.

Nach allem was sie inzwischen wusste, hatte sie ihre Zweifel an diesen Worten.

Wie hatte es nur so weit kommen können? Sie empfand eine brennende Verachtung für Dexter Malone und dessen Familie. Das alte Sprichwort *Hochmut kommt vor dem Fall* kam ihr in den Sinn. Vielleicht bewahrheiteten sich diese Worte irgendwann. Sie würde es ihnen gönnen.

Doch sie tat ihrer Tochter sicher keinen Gefallen, wenn sie sich mit rachsüchtigen Gedanken beschäftigte. Stattdessen musste sie ihr den Rücken stärken und dafür sorgen, dass Helen Dexter Malone so schnell wie möglich vergaß.

Im Haus war es noch still. Sie ging durch die Wohnhalle und den breiten Flur entlang, bis zu Helens Zimmer.

Ihr war bang. Ob Helen die ganze Aufregung einigermaßen verkraftet hatte? Doch schon vor der Tür hörte sie ihr Schluchzen.

Sie öffnete leise die Tür und war betroffen von Helens Aussehen. Ihr tränennasses, blasses Gesicht war von einem dünnen Schweißfilm bedeckt. Das zerwühlte Bett deutete auf eine unruhige Nacht hin.

Voller Mitgefühl setzte sie sich auf die Bettkante und strich ihr sanft die Haare aus dem Gesicht.

Wieder und wieder war Helen in der Nacht von den Bildern des zurückliegenden Tages heimgesucht worden. Paul Everton am Rand der Klippe, ihre panische Angst ... Ihre Lippen auf seinem Mund ... Der Druck seiner Hände als er sie von sich schob.

Sie schluchzte laut auf und dann spürte sie eine Hand, die ihr zärtlich über das Gesicht strich. Es fiel ihr schwer, die Augen zu öffnen.

»Helen«, hörte sie ihre Mutter flüstern.

Sie warf sich in ihre Arme und klammerte sich an ihr fest. »Mom ...«, weinte sie laut.«

»Beruhige dich, Liebes ... Ist es denn noch immer so schlimm. Vergiss ihn ... Er ist es nicht wert.«

»Ach, Mom«, schluchzte Helen.

»Entschuldige. Du hast alles Recht traurig und wütend zu sein. Ich sollte das doch wissen ... Lass uns zusammen frühstücken. Norman ist schon unterwegs zu Steve.«

Helen nickte. »Ich bin so froh, dass du ihm nicht böse bist. Es tut mir leid, dass ich ihm das abverlangt habe. Ich habe mit meinen Problemen die ganze Familie in Aufruhr versetzt.«

»Dafür ist Familie doch da; dass sie uns auffängt und beschützt. Mach dir keine Sorgen um Norman und mich. So schnell wirft uns nichts um. Ich gehe hinüber und decke den Tisch. Okay?«

***

Paul war wie gelähmt. Die ganze Nacht hatte er mit brennenden Augen in die Dunkelheit gestarrt. Und es war nicht nur sein schmerzender Fuß gewesen, der ihm den Schlaf geraubt hat.

Die ungeheuere Wucht der Angst, die ihn dort am Leuchtturm gepackt hatte, war noch immer präsent. So schnell konnte es also vorbei sein mit dem Leben, hatte er erkennen müssen. Wäre es da nicht an der Zeit, die Vergangenheit ruhen zu lassen und sich auf Neues zu konzentrieren?

Jetzt war er beim zweiten Grund angelangt, der ihn nicht zur Ruhe kommen ließ. Bei Helen und seiner unbegreiflichen Sehnsucht nach ihr. Wie konnte das passieren?, fragte er sich betroffen. Er hatte doch weiß Gott alles getan, um genau das zu vermeiden. Und jetzt? Jetzt verging keine Stunde mehr, in der er nicht an sie dachte. Ob es wirklich klug war, sich darauf einzulassen, so wie Gordon es ihm empfohlen hatte? Und wenn er sich täuschte? Was würde es für ihn bedeuten, wenn Helen irgendwann realisieren würde, dass es nur Dankbarkeit war, die sie für ihn empfand?

Er musste der Sache auf den Grund gehen. Nur wie? Er konnte doch nicht einfach sagen: »Du, Helen, kann es sein, dass du mich liebst?«

»Lächerlich«, murmelte er. Beim Schreiben war er in der Beziehung selten um Worte verlegen. Doch das hier, das war keine Fiktion. Das hier war die Realität und es ging um nichts Geringeres als sein ganz persönliches Glück.

***

»Helen, du musst etwas essen.« Selma sah ihre Tochter bekümmert an.

»Ich habe keinen Appetit.«

»Das verstehe ich. Aber ohne Essen ...«

»Mom, ich habe dir noch nicht alles gesagt.«

Selma sah Helen überrascht an. »Nicht alles ... Was gibt es denn noch?«

»Es fällt mir schwer, darüber zu reden. Und ich weiß nicht, wie ich es dir erklären soll. Mir selbst kommt es ja vollkommen abwegig vor ...« Sie verstummte und starrte an ihrer Mutter vorbei ins Leere. Als sie endlich weitersprach, hörte man, wie schwer es ihr fiel. »Ihr alle bedauert mich, weil Dexter mich verlassen hat, doch für mich selbst spielt das schon längst keine Rolle mehr.«

Selma setzte ihre Tasse mit einem lauten Klirren ab. »Es spielt keine Rolle mehr?«, sagte sie verblüfft. »Aber warum bist du dann immer noch so verzweifelt?«

»Ich habe mich in Paul Everton verliebt.«

»Du hast was? ... Helen, ich bin sprachlos ... Verwechselst du da nicht etwas ... Es gibt solche ...«

»Nein, Mom. Diese Gedanken hatte ich zuerst auch. Und ja, ich bin ihm unendlich dankbar ... Aber das, was ich für ihn empfinde, ist eindeutig Liebe. Ich weiß auch nicht, wie das passieren konnte.«

»Du liebst also Paul Everton«, sagte Selma, die noch immer sichtbar um Fassung rang. »Und er? Was ist mit ihm?«

»Er liebt mich nicht.«

»Oh ... Woher ...«

»Er weist mich ständig zurück ... Gestern, nachdem er endlich in Sicherheit war, habe ich ihn geküsst ... Er hat mich weggeschoben. Warum kann ich nicht auch so glücklich sein wie du, Mom?«

»Ach, Helen ... Du weißt doch wie lange ich auf dieses Glück warten musste. Und du und Paul, ihr beide habt unschöne Dinge erlebt ...

Vielleicht ist er einfach noch nicht bereit für eine neue Liebe.«

»Neue Liebe? Gab es denn eine Frau ...?«

»Warte.« Selma stand auf und ging zum Bücherregal. Als sie zurückkam, hatte sie ein Buch in der Hand. »Hier, das ist Pauls letzter Roman. Lies ihn und du wirst es verstehen.«

»Linda«, las Helen bedächtig. »Ich habe davon gehört. Ist damit etwa die Frau gemeint, die im Sommer am Strandweg wohnte?«

Selma nickte. »Lies das Buch, Liebes. Und wenn du es gelesen hast, solltest du mit Paul reden.«

Seit Stunden saß Helen auf der Couch und las in Paul Evertons Roman. Und mit jeder Seite, die sie umblätterte, verstand sie ihn mehr und mit jedem Satz, den sie las, wurde ihr das Herz schwerer.

Das war es also. Er wurde verlassen ... wie sie. Er war verletzt worden ... wie sie. Er hatte Angst vor dem Morgen ... wie sie.

***

Widerwillig schluckte Paul eine weitere Schmerztablette und spülte sie mit dem Rest seines Kaffees hinunter. Dann betastete er vorsichtig den bandagierten Fuß und verzog das Gesicht. Zwei Tage war es jetzt her und noch immer keine Besserung in Sicht.

Vielleicht sollte er Gordon tatsächlich bitten, ihn zum Arzt zu fahren.

Er stand auf und humpelte hinüber zur Couch. Eigentlich müsste er längst an seinem Schreibtisch sitzen. Aber er konnte sich einfach nicht auf seine Arbeit konzentrieren. Zu viele andere Dinge lähmten seine Fantasie. Statt sich mit der irischen Anderwelt zu beschäftigen, sollte er lieber seine Welt in Ordnung bringen.

Schade, dass es für mich keine dieser Feen gibt, dachte er ironisch, vielleicht könnte die mit einem Fingerschnippen das ganze Gefühlschaos beseitigen.

Er lehnte sich zurück, schloss die Augen und hoffte auf einen Schlaf, der alle unschönen Gedanken ausblendet.

Sein Wunsch ging in Erfüllung. Wenig später war er tatsächlich eingeschlafen und bald schwebte er durch eine Traumwelt voller schöner Bilder und Empfindungen.

Er saß am Rand der Klippe, im Rücken den Leuchtturm und hatte den Arm um die Schulter einer Frau gelegt. Alles war friedlich; selbst der Pazifik. Er fühlte eine tiefe Sehnsucht danach, die Frau, die schweigend neben ihm saß, zu küssen. Er drehte sie zu sich her und Helen lächelte ihn an. Als sich ihre Lippen in einem leidenschaftlichen Kuss fanden, begehrte er sie so sehr, dass es ihm den Atem verschlug. Er zog sie auf die Erde und erkundete mit seinen Händen zärtlich ihren weichen Körper. Sie stöhnte auf und drängte sich ihm entgegen. Endlich ...

Lautes Klopfen an der Tür ließ ihn aufschrecken. Es gelang ihm nur mühsam zu realisieren, dass er zu Hause auf der Couch lag. Nur seine Erregung erinnerte ihn an seinen Traum.

»Moment«, rief er, humpelte zur Tür und öffnete sie.

Gordon sah ihn verwundert an. »Nanu, hab ich dich etwa aus dem Bett geholt?«

»Das nicht. Nur von der Couch. War noch mal eingenickt. Hatte eine miese Nacht ... Der Fuß ...«

»So, so, der Fuß.« Gordon schmunzelte.

»Komm herein. Auf einem Bein steht es sich nicht so gut.« Er humpelte zurück ins Wohnzimmer.

Gordon folgte ihm mit wachem Blick. Sieht ganz schön durcheinander aus, der Herr Schriftsteller, dachte er mitfühlend. Wer wohl dafür verantwortlich ist?

»Kaffee?«

»Würde mich ja selbst bedienen, aber ich lasse lieber meine groben Finger von diesem Hightech-Gerät.«

»Keine Sorge, es beißt nicht ... Tasse drunter, den roten Knopf drücken ... fertig. Milch und Zucker stehen auf dem Tisch.«

»Zu viel der Ehre«, lästerte Gordon. »Ich gebe mein Bestes ... Auch einen?«

»Ja. Schwarz.«

Nachdem Gordon die beiden Tassen auf den Tisch gestellt und sich hingesetzt hatte, sah er Paul aufmerksam an. »Und jetzt erzähl mal ...«

»Da gibt es nichts zu erzählen. Ich war kurz eingeschlafen. Der blöde Fuß hat die ganze Nacht geschmerzt ... Hab kein Auge zugetan.«

»Komisch, ich fühle mich nach einem kleinen Schläfchen immer wie neu geboren. Du hingegen siehst aus, als wärst du irgendwelchen Geistern begegnet.«

»Warum versuche ich eigentlich immer noch, dir etwas vorzumachen? Ich habe geträumt ... von Helen ...«

»Wie war's?«

»Wärst du eine halbe Stunde später gekommen, könnte ich es dir erzählen.« Er grinste verlegen.

»Das tut mir jetzt aber sehr leid für dich«, sagte Gordon verschmitzt. »Hatte schon lange keinen solchen Traum mehr«, schob er dann mit belegter Stimme nach.

»Vermisst du deine Frau noch? Ist doch schon ein paar Jahre her.«

»Manche Esel trauern ein Leben lang ... Ich hoffe, du gehörst nicht zu dieser Kategorie. Wäre echt schade um dich ... und um Helen.«

»Ich habe zwar keine Ahnung, wie ich das auf die Reihe kriegen soll, aber eines weiß ich sicher: Ohne Helen würde ich noch immer einem Traum nachhängen, der schon längst ausgeträumt ist. Durch sie kann ich mich endlich wieder spüren.«

»Wann redest du mit ihr?«

Er zuckte mit der Schulter. »Keine Ahnung. Ist gerade ein bisschen problematisch. Komme mit dem Fuß weder die Ocean Lane hinauf, noch an den Leuchtturm.«

»Das sind doch blöde Ausreden, Paul. Es gibt Smartphones. Ich habe ihre Nummer.«

»Willst du jetzt auch noch den Kuppler spielen ... füllt dich deine Aufgabe als Aufpasser nicht mehr aus?«

»Tja, ich kann's einfach nicht lassen, Schicksal zu spielen.«

»Vielleicht kommt sie ja mal wieder bei mir vorbei. Das wäre mir die liebste Variante. Ich hätte noch Zeit, mir die passenden Worte zu überlegen.«

»Es wirft kein gutes Licht auf dich, wenn du in dem Fall um Worte verlegen bist. Sollte dir eigentlich leichtfallen; nachdem du schon so viele Menschen glücklich gemacht hast ... In deinen Büchern, meine ich.«

»Beim Schreiben kann ich die Worte drehen und wenden, bis sie passen. Aber wenn Helen vor mir steht, sollte die erste Version die richtige sein.«

»Ich traue dir das durchaus zu ... Was ist mit dem Fuß. Besser? Soll ich dich zum Arzt fahren?«

»Hättest du denn Zeit?«

»Sonst würde ich nicht fragen«, brummte Gordon.

»Okay … Mittlerweile denke ich tatsächlich, ein Arzt sollte sich das ansehen. Dann also morgen Vormittag.«

Gordon stand auf. »Um zehn bin ich bei dir … Und jetzt lasse ich dich allein … Versionen ausprobieren. Warte nicht zu lange damit.«

»Versprochen.«

War es nicht voreilig gewesen, ein solches Versprechen abzugeben? Während seiner Unterhaltung mit Gordon hatte am Ende die Hoffnung überwogen. Doch jetzt holten ihn die Bedenken wieder ein. Was wäre, wenn er Helens Verhalten falsch interpretierte?

Verdammt. Er drehte sich im Kreis.

24

Selma genoss den Samstagmorgen. Keine Bücherei, kein *Inyo*. Sie konnten den Tag in Ruhe angehen. Zufrieden schmiegte sie sich in Normans Arme.

»Wie geht es Helen?«, hörte sie ihn fragen und war urplötzlich wieder im Alltag angekommen.

»Gestern Morgen habe ich sie völlig aufgelöst vorgefunden. Sie muss eine schreckliche Nacht hinter sich gehabt haben.«

»Es tut mir so leid um sie«, murmelte er in ihr Haar.

»Beim Frühstück hat sie mich mit weiteren Neuigkeiten überrascht.«

»Die da wären?«

»Sie hat sich in Paul Everton verliebt.«

»Du machst Scherze ...«

»Ganz und gar nicht. Ich habe sie gefragt, ob sie nicht vielleicht Dankbarkeit und Liebe verwechselt. Das hätte sie nach reiflicher Überlegung ausgeschlossen. Es sei eindeutig Liebe, die sie für ihn empfindet.«

»Und er?«

»Er scheint diese Gefühle nicht zu erwidern. Vielleicht trauert er noch immer Heather nach ... Was ich einerseits verstehen kann, aber andererseits idiotisch finde. Ihm muss doch klar sein, dass diese Episode ausgeträumt ist.«

»Weiß er denn von ihren Gefühlen?«

»Mir hat sie erzählt, sie hätte ihn nach der dramatischen Rettung spontan geküsst und er habe sie von sich geschoben.«

»Jetzt macht ihr Schweigen einen Sinn. Während wir Paul verladen haben und auch während des ganzen Fluges hat sie kein Wort verloren. Ich war der Meinung, sie stünde noch unter Schock.«

»Mein armes Mädchen. Ich wünsche ihr so sehr, dass sie endlich glücklich wird.«

»Wir können ihr da kaum helfen, Liebste.«

»Ich habe ihr *Linda* zum Lesen gegeben. Vielleicht versteht sie danach sein Verhalten besser.«

»Möglich. Miteinander reden, wäre vermutlich der kürzere Weg. Ist aber nicht so einfach, wie ich aus eigener leidvoller Erfahrung weiß.« Er küsste Selma ungestüm. »Ich mag gar nicht darüber nachdenken, wie viele Nächte voller Leidenschaft mit dir mir dadurch entgangen sind.«

Selma rang nach Atem. »Du bist das Glück meines Lebens, Norman Bishop. Ich bin so froh, dass du dich getraut hast.« Sie lachte ausgelassen.

Begierig schob er seine Hand unter ihren Pullover und tastete nach ihren Brüsten. Sie waren klein und fest und er sehnte sich danach sie zu kosten.

Helen hatte das Gefühl vor schierem Verlangen zu vergehen.

Ungeduldig zerrten sie an ihren Kleidern. Und endlich konnten sie sich spüren.

Pauls Lippen und Hände erkundeten fieberhaft ihren Körper; zeichneten eine glühende Spur des Begehrens auf ihre Haut.

Sie schnappte nach Luft. Noch nie hatte ein derartiges Feuer in ihr gelodert. Sie ersehnte sich inständig Erlösung. Keuchend drängte sie sich ihm entgegen und er kam endlich mit einem tiefen Seufzer zu ihr.

»Paul«, stöhnte sie aufgelöst.

Helen. Sie war so weich und duftete nach Sommer … Ihre Leidenschaft ließ ihn erschaudern. In seinem Kopf dröhnte es. Er ignorierte den Schmerz in seinem Fuß; die Umgebung verschwamm. Er spürte, wie sie ihre Beine um seinen Leib schlang und erhöhte den Rhythmus. Sie waren Eins. Endlich. Er wurde von einer gewaltigen Woge erfasst und ließ sich von ihr davon treiben. Schließlich sank er schweratmend neben ihr nieder.

Nachdem sich der Nebel in seinem Kopf langsam lichtete, wurde ihm bewusst, was da gerade geschehen war und die Euphorie zerstob schlagartig. War er denn vollkommen verrückt geworden? Wie hatte er nur ohne

»Möglich«, brummelte Gordon und stand auf. »Ich mach mich mal wieder auf den Weg. Muss noch ein paar Kleinigkeiten einkaufen ... Damit ich nicht verhungere.«

»Lass dich nicht aufhalten. Danke für deinen Besuch.«

»Soll ich Paul von dir grüßen?«

»Wozu?« Sie schloss erschöpft die Augen.

Gordon war beunruhigt. Helens Verhalten gefiel ihm überhaupt nicht, von Pauls Aussehen ganz zu schweigen. Was um alles in der Welt war denn so schwer, ein paar klärende Worte zu wechseln?, fragte er sich erbost und verdrängte geschickt, dass auch er selten passende Worte gefunden hatte.

Nachher würde er ihm noch einmal auf den Zahn fühlen.

***

Seit Tagen zermarterte Paul sich den Kopf darüber, wie er Helen sein respektloses Verhalten erklären könnte.

Er schämte sich noch immer dafür, dass er mit ihr geschlafen hatte, ohne ein Wort über Gefühle zu verlieren; einfach seinem unbändigen Verlangen gefolgt war. Wie musste ihr das nach all seinen Zurückweisungen vorgekommen sein? Dann dachte er daran, wie leidenschaftlich sie reagiert hatte. Diese Reaktion erstaunte ihn noch immer.

Es war unauslöschlich in seinem Kopf verankert, wie gut es sich angefühlt hatte. Wie gern würde er sie noch einmal so erleben; sie dazu bringen, atemlos seinen Namen zu flüstern, ihn bereitwillig zu empfangen ... Er sehnte sich nach ihr.

Er musste dringend auf andere Gedanken kommen. Entschlossen humpelte er hinüber zum Schreibtisch und klappte den Laptop auf. Wenn er den Erscheinungstermin einhalten wollte, sollte er dringend an seinem Manuskript weiterarbeiten. Es gab keinen Grund, länger damit zu warten. Schließlich waren nicht die Finger verletzt, sondern ein Fuß.

Die Schmerzen hatten zum Glück nachgelassen. Der Arzt hatte die Bandage entfernt und ihm eine Salbe in die Hand gedrückt. Der Geruch schlug ihm zwar auf den Magen, aber zu seiner Erleichterung ging die Schwellung langsam zurück.

Zwei Stunden später hatte er noch kein einziges Wort getippt. Es war wie verhext. Er fand einfach keinen Zugang zu seiner Geschichte.

Ihm wurde bewusst, dass er erst mit Helen ins Reine kommen musste. Auf keinen Fall durfte dieser Roman ein weiterer Abklatsch seiner eigenen Gemütsverfassung werden.

Er griff zum Smartphone und wählte Gordons Nummer.

»Hallo, Paul«, meldete der sich prompt.

»Gordon, hast du Helens Mobilnummer parat?«

»Ich war heute bei ihr. Sie sieht jämmerlich aus. Kannst du mir mal erklären, was zwischen euch vorgefallen ist?«

Er erschrak. »Wieso sieht sie jämmerlich aus?«

»Sie hatte tagelang hohes Fieber. Selma war sehr besorgt. Heute hat sie zum ersten Mal das Bett verlassen. Ich kann aber nicht behaupten, dass sie schon wieder auf dem Damm ist. Also, was ist zwischen euch vorgefallen?«

»Entschuldige, wenn ich das so hart sage, Gordon: Es geht dich nichts an.«

»Hört, hört«, sagte Gordon.

»Und, gibst du mir die Nummer trotzdem?«

»Moment ... Hörst du?«

»Schieß los ...« Er schrieb die Nummer auf einen Zettel. »Danke, Gordon. Und entschuldige meinen rüden Ton. Nur so viel, ich habe mich total danebenbenommen. Ich muss das unbedingt in Ordnung bringen. Du wirst noch früh genug erfahren, ob ich damit Glück gehabt habe.«

»Diesmal wünsche ich dir viel Glück, Paul ... Ohne Wenn und Aber.«

25

San Francisco machte Bradley ganz kirre.
Dieses laute, bunte Treiben war nicht seine
Welt. Morgen Abend wäre er zum Glück
wieder daheim im beschaulichen Blue Bay,
wo man, ohne um sein Leben fürchten zu
müssen, gefahrlos die Straße überqueren
konnte. Wo nicht grelle, hektisch blinkende
Leuchtreklamen permanent den Sehnerv
strapazierten.

Trotzdem war er seinem Dad unendlich
dankbar dafür, dass er ihn hierher zur Messe
für Energiesparhäuser geschickt hat. Denn
drüben, auf der anderen Seite der Bucht,
wohnte Cathy Hudson.

Heute Abend würde er hinüberfahren, um
sie zu treffen. Zu seiner großen Freude hatte
sie schon auf seine erste Anfrage
geantwortet.

Cathy zeigte Bradley »ihre« Welt. Beeindruckt
hörte er zu, als sie ihn über den riesigen
Campus der altehrwürdigen Universität
führte.

Danach schlenderten sie hinüber zur
Berkeley Marina, bestaunten dort viele

kostspielige Jachten und malten sich aus, wie es wohl wäre, damit nach Hawaii zu schippern. Und wie selbstverständlich teilten sie sich auf dem Rückweg bei *Bobby G's Pizzeria* in der University Avenue eine große Pizza Tuna.

Sie war überrascht, wie viel Spaß sie an diesem Abend mit Bradley hatte. Es war wie früher, als sie noch unbefangen miteinander umgegangen sind.

»Ich bewundere, wie gut du zurechtkommst, Cathy. Ich dagegen fühle mich hier wie ein Hinterwäldler aus Montana.«

»Gewohnheit. Ging mir in den ersten Wochen genauso. Zum Glück hatte ich Helen.«

»Hab gehört, sie ist nicht mehr hier.«

»Ja. Sie wohnt vorerst wieder in Blue Bay.«

Bradley nickte und fragte nicht weiter. Wer wusste schon, was vorgefallen war und er wollte nicht wieder in ein Fettnäpfchen treten.

Du, Cathy ... Was ich noch sagen wollte ...«

Sie wappnete sich. Hoffentlich machte er jetzt nicht alles kaputt. Mit einem mulmigen Gefühl im Bauch sah sie ihn aufmerksam an. »Spuck's aus, Bradley.«

»Danke, dass du mich in Santa Barbara abgeholt hast.«

»Schon okay, Bradley. Eine Eselei hat jeder gut im Leben.« Sie lachte erleichtert, stieß ihm neckend den Ellenbogen in die Seite und rannte die letzten Meter bis zum Eingang ihres Apartmenthauses.

Er folgte ihr lachend. Als er sie eingeholt hatte, meinte er schmunzelnd: »Wie früher. Weiß du noch? ... Du warst immer die Schnellste. Das hat uns Jungs damals mächtig geärgert.«

Sie grinste und tippte ihm mit dem Zeigefinger auf die Brust. »Und genau deshalb habe ich mich immer besonders angestrengt.«

»Wann kommst du mal wieder nach Blue Bay?«

»Thanksgiving.«

»Schön. Sehen wir uns?«

»Gut möglich, Bradley Pearson.«

»Würde mich echt freuen, Cathy Hudson.« Er starrte verlegen auf seine Fußspitzen. »Mach mich dann mal los ... Muss morgen früh raus ... War schön mit dir.«

»Ja. Hat Spaß gemacht. Komm gut nach Hause. Und grüß deine Eltern von mir.«

»Mach ich«, sagte Bradley. Dann beugte er sich vor und küsste sie sanft auf den Mund. Ehe sie etwas erwidern konnte, war er um die Hausecke verschwunden.

Erstaunt registrierte sie das merkwürdige Flattern in ihrem Bauch. Versonnen lächelnd öffnete sie die Tür.

Ja, vielleicht kann ich ihn eines Tages lieben, dachte sie.

***

Seit drei Tagen war Paul im Besitz von Helens Mobilnummer. Doch ihm fehlte der Mut, sie anzurufen. Und da sie offensichtlich noch immer nicht ganz genesen war, wie er von Gordon wusste, hatte er auch keine Chance sie am Strand zu treffen.

Wie ein Krake legte die Sehnsucht nach ihr ihre Tentakel um ihn und schnürte ihm oft derart die Luft ab, dass er aufsprang und am geöffneten Fenster gierig tief ein- und ausatmete.

Er war nicht mehr er selbst.

Und in seinem Wechsel zwischen Jammer und Hochgefühl, überkam ihn manchmal Wut. Wut auf sich selbst. Weil er schon wieder Fallstricke ignoriert hat, die doch gut sichtbar auf seinem Weg lagen.

Er malte sich aus, wie komfortabel und zufrieden er hier in seinem Strandhaus leben könnte, wenn er sich nicht schon wieder ein derartiges Gefühlschaos eingehandelt hätte. Doch dann wurde ihm klar, dass dies alles nichts wert war ohne die Frau, in die er sich gegen seinen Willen verliebt hat.

Er griff zu seinem Smartphone, öffnete die Nachrichten-App und tippte nur wenige Worte: *Helen, wir müssen uns sehen. Bitte.*

Dann drückte er auf *senden* und hoffte auf eine schnelle Antwort.

Als sich Stunden später die Dämmerung über Strand und Ozean legte, saß er noch immer auf der Couch und wartete auf Helens Antwort.

***

Als Helens Handy zum wiederholten Mal den Eingang einer Nachricht meldete, sah Selma ihre Tochter mit hochgezogener Augenbraue an.

»Willst du nicht endlich antworten?«

»Nein«, sagte Helen und schaltet ihr Smartphone aus.

»Hört euch das an«, sagte Norman und deutete mit dem Finger auf eine Notiz in der *Los Angeles Times.* »Hier ... unter ›Lokales‹ steht folgende Meldung: *Bei einer Verkehrskontrolle ging dem ortsansässigen Deputy nahe Carmel-by-the-Sea unter anderem eine gewisse Conchita M. ins Netz. Bei ihrer Befragung konnte sie glaubhaft belegen, dass sie seit Jahren im Feriendomizil der bekannten Familie Clifford Malone aus San Francisco arbeitet. Illegal. Auf die Familie des angesehenen Anwalts kommt nun eine unangenehme Untersuchung zu. Dies dürfte auch die ambitionierten Pläne ihres Sohnes Dexter vorerst stoppen.*

»Das ist doch mal eine Nachricht«, sagte Norman zufrieden.

Selma schlug die Hände zusammen und schaute theatralisch gen Himmel. »Halleluja ... Die saubere Mrs Malone. Es gibt doch noch Gerechtigkeit auf dieser Welt.«

»Arme Conchita«, sagte Helen. »Sie war das einzige menschliche Wesen in diesem Palast.«

»Hoffentlich droht ihr jetzt nicht die Abschiebung«, sagte Selma besorgt.

»Zum Glück leben wir hier in Kalifornien«, sagte Norman.

»Mom, hast du schon Pläne für Thanksgiving?«, fragte Helen leise.

»Nichts Konkretes. Warum fragst du, Liebes?«

»Ich freue mich auf Cathy. Aber vielleicht willst du ja noch andere Leute einladen.«

»Ich habe tatsächlich daran gedacht Gordon und Paul ... Aber so wie die Dinge jetzt liegen, werde ich meine Pläne wohl ändern. Mach dir keine Sorgen, Helen.«

»Aber dann ist Paul vielleicht ganz allein ... Wie traurig«, sagte Helen gedankenverloren.

»Er wird es überstehen, Helen«, sagte Norman. »Genauso wie ich es Jahr für Jahr überstanden habe. Wie oft habe ich hier von der Veranda aus hinüber zu eurem hellerleuchteten Haus gesehen und mir eine Frau ... eine Familie gewünscht.«

»Tja, und jetzt hast du uns und unsere Probleme am Hals«, sagte Helen und lächelte kaum vernehmbar.

»Ladys, es ist mir eine Ehre«, sagte Norman und deutete eine Verbeugung an.

***

Das einzig Positive für Paul in diesen Tagen war die Tatsache, dass sein Fuß kaum noch geschwollen war und er nahezu schmerzfrei laufen konnte.

Er zwang sich an die Arbeit. Tippte. Löschte. Starrte hinaus auf den Ozean. Helen hatte ihm noch immer nicht geantwortet.

Entnervt schmiss er sein Smartphone auf die Couch. Vergiss den ganzen Mist, dachte er aufgebracht. Schluss. Aus. Finito.

In gut zwei Wochen wäre Thanksgiving. Auf eine Einladung von Selma Hudson durfte er wohl nicht hoffen. Vielleicht könnte er diesen Abend mit Gordon verbringen. Würde passen. Die zwei einsamen Männer von Blue Bay gemeinsam vor einem gefüllten Truthahn. Sie würden Bier aus Dosen trinken, von Butter glänzende Maiskolben abnagen und sich mit Papierservietten das Fett von den Mündern wischen. Und sie würden sich ihr Leid klagen, während draußen der Wind ums Haus pfiff.

»Verdammt, Helen, warum meldest du dich nicht?«, stöhnte er.

Zum ersten Mal seit seinem Unfall ging er wieder vor die Tür. Zuhause fiel ihm allmählich die Decke auf den Kopf.

Bedächtig stieg er die wenigen Stufen hinab zum Strand. Die frische Luft und die Bewegung taten ihm gut. Vielleicht hatte Gordon Zeit für ein Schwätzchen.

»Komm herein, Paul«, begrüßte der ihn erfreut. »Hast du inzwischen ...«

Er schüttelte den Kopf. Gordons Anteilnahme rührte ihn. Vielleicht sollte er ihm endlich einmal sagen, was ihm das alles bedeutet.

»Du hast keine Kinder?«

»Hat sich nicht ergeben.«

»Schade, wärst sicher ein prima Dad geworden. Leider bekommen zu viele unfähige Leute Kinder.«

»Schon möglich. Wie kommst du darauf?«

»Stan Everton zum Beispiel. Einfach beieinandersitzen, so wie wir beide jetzt, diskutieren, lachen, scherzen ... Nicht mit ihm. Hätte vermutlich an seiner Autorität gekratzt.«

»Hattest wohl wenig Freude, was?«

»War von Anfang an ein Kampf.«

»Was hat ihn so hart gemacht?«

»Keine Ahnung.«

»Und deine Mom?«

»Hat sich ihm angepasst. In jeder Beziehung.«

»Tut mir leid für dich, mein Junge. Bist trotzdem gut geraten.« Gordon zwinkerte ihm lächelnd zu.

»Ist es nicht seltsam? Wir beide kennen uns einen Bruchteil meines Lebens. Und von dir erfahre ich mehr Aufmerksamkeit und Zuneigung als von meinen Eltern in fünfunddreißig Jahren.«

Gordon schwieg betroffen.

Er lächelte. »Auch wenn du mir manchmal gewaltig auf die Nerven gehst, Gordon Cooper, bin ich froh, dass du ein Auge auf mich hast.«

»Wir sind schließlich Nachbarn«, brummte Gordon gerührt.

»Ja. Auch. Aber du hast genau gewusst, wie schwer mir die Rückkehr gefallen ist. Und wie selbstverständlich hast du mich unter deine Fittiche genommen. So einen Dad habe ich mir immer gewünscht.«

»Paul, ich ... Du bist gerade mächtig sentimental.«

Er nickte. »Ich habe Helen eine Nachricht geschrieben. Sie lässt mich warten ... Und jetzt lasse ich dich wieder in Ruhe deinen Football gucken ... Danke, für alles ... Auch wenn es offensichtlich nicht von Erfolg gekrönt sein wird.«

»Lass ihr Zeit, Paul. Hat mich gefreut ... So viele Nettigkeiten habe ich schon lange nicht mehr zu hören gekriegt.«

Seltsam berührt lief Paul auf dem Strandweg zurück zu seinem Haus.

Zuerst würde er sich einen starken Kaffee brühen und dann endlich an den Schreibtisch gehen. Er musste vorankommen.

Clark hatte bei ihrem gestrigen Telefonat abfällig geschnaubt als er ihm etwas von »Blockade« erzählt hat.

Er hatte den Dialog noch gut im Ohr.

»Bringen Sie Ihr Leben in Ordnung, Everton, sonst kann ich für nichts garantieren ... Der Verlag hat geschluckt, dass es keine ausgedehnte Lesetour mehr geben wird ... Aber glauben Sie ja nicht, dass sie auch ein Überschreiten des Abgabetermins schlucken werden. Gibt jede Menge Leute, die auf eine Chance warten.«

»Drohen Sie mir, Clark?«

»Denken Sie, was Sie wollen. Ende Januar will ich das fertige Manuskript auf dem Schreibtisch haben. Verstanden?«

»Schön, wie Sie es immer wieder verstehen, mich zu motivieren ...«, sagte er süffisant.

»Ich bin Ihr Agent ... und wenn Sie nicht liefern, kann ich irgendwann die Miete nicht mehr zahlen. Ist also vollkommen eigennützig, wenn ich Ihnen ab und zu in den Hintern trete.«

»Ende Januar. Das sollte ich schaffen. Und jetzt lehnen Sie sich zurück und genießen Sie Ihren Bourbon, Clark. Man sieht sich.«

Er stand also im Wort. Ende Januar. Er würde es schaffen.

Zu Hause nahm er sein Smartphone in die Hand und fand eine Nachricht von Helen vor. Endlich.

Bin um 18:00 Uhr bei dir.

***

Helen hielt die Ungewissheit und auch die Sehnsucht nicht länger aus. Sie beschloss, endlich mit Paul zu reden. Sie musste wissen, wie sehr sein Herz noch an dieser ominösen Linda hing.

Nachdem sie ihm aufgeregt eine Nachricht getippt hatte, erklärte sie anschließend ihrer Mutter, dass sie zum Abendessen nicht da sein werde.

Selma lächelte ihre Tochter liebevoll an und wünschte ihr viel Glück.

Nun stand sie nach einer ausgiebigen Dusche vor dem Spiegel, schminkte sich dezent und besprühte ihre schulterlangen Haare und ihr Dekolleté mit einem Hauch ihres neuen Parfüms. *Ein Feuerwerk der Sinnlichkeit* versprach die Werbung. Nun hoffte sie, dass es sich auf ihrer Haut zu genau diesem sinnlichen Feuerwerk entwickeln würde.

Dann öffnete sie ihren Kleiderschrank und überlegte, mit was sie ihn beeindrucken könnte. Diesmal wollte sie vorbereitet sein, wenn sie Paul Everton besuchte.

Schließlich wählte sie mit Bedacht zu zartblauen Spitzendessous, die ihre noch immer gebräunte Haut vorteilhaft zur Geltung brachte, ihr ärmelloses, enges Jeanskleid. Es schmiegte sich perfekt um ihren schlanken Körper.

Während sie es bis fast hinunter zum Saum zuknöpfte, stellte sie sich vor, wie Paul diese unzähligen silbernen Knöpfe langsam wieder öffnen würde.

Der Gedanke ließ Schmetterlinge in ihrem Bauch tanzen.

Doch ob es kommen würde, wie sie es sich erträumte, hing von seiner Antwort auf ihre Frage ab.

Mit Herzklopfen setzte sie sich in ihr Auto und fuhr die Ocean Lane hinunter. Sie war aufgeregt. Wusste sie doch, dass von diesem Abend ihr Glück abhing.

Wenig später hielt sie am Wegesrand. Über dem Ozean ging gerade die Sonne unter. Doch heute hatte sie keinen Blick für das spektakuläre Schauspiel. Heute hoffte sie auf spektakuläre Zärtlichkeiten.

Sie begutachtete sich noch einmal prüfend im Rückspiegel, zupfte an ihren Haaren, dann stieg sie aus.

Als sie vor der Tür stand, atmete sie tief durch; dann klopfte sie an.

Kaum ließ sie die Hand sinken, öffnete ihr Paul schon.

Als hätte er ungeduldig auf mich gewartet, dachte sie überrascht.

»Hallo, Paul, hier bin ich.«

»Helen, schön dich zu sehen. Komm herein.«
Klingt nicht gerade nach Liebe, Leidenschaft und stürmischen Küssen, dachte sie. Ihre Erwartung bekam einen Dämpfer.

»Du warst krank? Gordon hat es mir erzählt … Bist du wieder okay?«

Sie nickte. »Was macht der Fuß?«

»Alles gut … Komm ins Wohnzimmer.«

Sie zog ihre weinrote Lederjacke aus, hängte sie an den Haken an der Wand und schlüpfte aus ihren Stiefletten.

Als sie sich umdrehte, bemerkte sie seinen bewundernden Blick.

Wenigstens in punkto Kleidung lag ich richtig, dachte sie erleichtert und folgte ihm.

Paul blieb vor ihr stehen. »Helen, neulich … Ich …«

»Ich habe deinen Roman gelesen … Linda … liebst du sie noch immer?«

Er sah sie wortlos an. Bemerkte Angst und Unsicherheit in ihren Augen und wurde von seinen Gefühlen für sie überwältigt.

»Komm«, sagte er zärtlich, nahm sie bei der Hand und führte sie hinüber zu seinem Schlafzimmer.

Aufgewühlt blieb sie in der offenen Tür stehen. Sie fühlte sich wie in einem Traum; ihrem Traum. Die große Glastür zur Veranda hin war weit geöffnet, der Ozean rauschte in einem behäbigen Rhythmus ans Ufer. Kerzenschein ließ die Dämmerung leuchten; sie hörte leise Musik.

Unbändiges Verlangen nach dem Mann an ihrer Seite sammelte sich in ihrer Mitte und machte sie atemlos.

Paul nahm sie in die Arme. »Wenn ich dich jetzt küsse und liebe, sehe, fühle und denke ich nur *Helen* ... Darf ich dich lieben, Helen?«

»Ja, Paul, ja«, flüsterte sie überwältigt.

Während sie sich voller Hingabe küssten, beteuerte *Whitney Houston* leidenschaftlich *I will always love you* und sprach ihnen damit aus der Seele.

Hinweise

Der Ort Blue Bay am Pazifik und alle Personen sind Fiktion.

Christa Lieb, Groß-Umstadt

Damit endet die USA-Trilogie und ich empfehle in diesem Zusammenhang die vorangegangenen Romane:

Weiter Informationen zu meinen Büchern finden Sie unter

http://www.christa-lieb.de

Besuchen Sie mich auf

http://www.schreibtraeume.de

https://www.facebook.com/christalieb.de

http://twitter.com/ChristaLieb